寂しい生活

稲垣えみ子

幻冬舎文庫

人生、いろいろあった。
頑張ってきたんだけどね。なんだかね。
どこまでいっても心配ばっかりなんだ。
で、いろいろあって、いろいろ考えて、
大切にしてきたものたちに
ちょっとずつ、別れを告げることにした。

贅沢な消費。
電気。
持ち物。
ガス。
水道。
広い家。
そして会社。

残ったのは取るに足らない自分。
そして、
小さな、
寂しい生活。

一人になることは怖い。
でも頑張って、一人になってみたんだ。
それはどうしてだったのか、今となってはよく思い出せない。
……いや考えてみたら、これまでだってずっと一人だったんだよね。
でも一人だってことを認めたくなかった。
だから一人じゃないふりがしたくて
いろんなものも手に入れて身の回りを飾った。

同じように一人じゃないふりがしたい人たちと仲間になった。
楽しかった。
笑って、努力して、喧嘩して、傷つけ合いもした。そうして長い時間を過ごした。
でもやっぱり、結局は一人なんだってことに気づいたんだと思う。
だから、仲間の元を離れることにした。
寂しいってことと、きちんと向き合ってみることにしたんだ。

そうしたらね、何が起きたかっていうといやこれがもう、本当に笑っちゃうようなことになったんだ。

一人になれるなんて頭の中だけのこと。
いやもうさあ、誰も一人にしちゃくれないんだよ。
みんながね、もうみんなが、寄ってたかって世話を焼いてくる。
で、変な話、それは人間だけじゃなかったりする。
鳥とか虫とか微生物とか、あるいは風とか、太陽とか。
さらには自分の中に眠っていた力みたいなものまでムクッと起きてきちゃったりして。
もううるさいくらいにね。
そうすると、本当に変な話なんだけど

こっちもね、いつも誰かのことを考えてるわけ。

考えるって言っても、怒ったり期待したり失望したりしてるわけじゃなくて
だってもう一人なんだからそういうことはそもそもないわけさ。

そうじゃなくて、どうしているかなあとか、もしかして悲しくなったりしていないだろうかとか、ああちゃんと生きているのかしらとか、どうしたって気にかかるんだ。

いや要するにね、もう自分のこととかどうでもよくなっちゃったら、他人の幸せが気にかかるんだよ。

あれ、そういえば私、いつの間に「自分のこ

とかどうでもよくなっちゃった」のかな？

うーん……。

そうか。もしかすると……。

一人になるって、そういうことなのかもしれない。

人からどう見られるか、どう評価されるか。

考えてみれば、ずっとそんなことばかり気にしてきた。

それは一人じゃなかったからだ。一人になることを怖がってきたからだ。

でも一人になることを怖がらないって決めたら、そんなことはフイッとどこかへ行ってしまった。それはもうあっけないくらい。不意に。

そうしたら、いやもうさあ……。

これがもう本当に爽やかなわけさ。

……爽やか……。

あーもうこんな単語しか思いつかない自分が嫌になるねホント。

でもね、本当にね
なんというか、心が無重力になったみたいなね。

今までそんなふうに考えたことなかったけど、これまで長い間、何かずっと重たい鎖につながれてきたのかもしれない。

で、その鎖は自分でせっせと作ってきたみたいなんだよね。

だとすればね、その鎖はいつだって切ることができる。
自分の力で。

でもね、やっぱり寂しさはいつもいるわけ。
すぐそこにね。ポチッとね。
っていうか、寂しいからね、誰かのことを考えているんだと思う。
で、多分これから死ぬまで、寂しいままなんだと思う。
小さな、寂しい生活。
でね、それがね、
もしかすると最高の生活なんじゃないかって
思ったりするわけです。

はじめに

これは、ある都会の片隅で数年間にわたり、人知れず繰り広げられた冒険の物語です。

そもそもの発端は、原発事故後の節電でした。

そう、ただの節電です。

もちろん最初に節電を始めた頃は、「冒険」なんていう大げさなことになろうとは考えてもみませんでした。便利な生活に慣れきった自分がどこまで不便を我慢できるのか、いっちょ挑戦してみるかというほどの感覚でした。

しかし途中から、それは思いもよらぬ方向へと勝手に進み始めたのです。

というのもですね、家電生活を見直すことで立ちはだかる大小の課題を一つ一つクリアしていくたびに、新しい自分、一回り大きくなった自分、物事に動じない自分が次々と誕生していくんだもんこれが！

そういうことって、子供の頃や青年期には誰しも経験することかもしれません。しかし、自慢じゃありませんが私、もう人生の折り返しをとっくに過ぎた立派な中年です。しかも、群を抜く才能とか、これといったスキルとかがあるわけでもない。そんな私がですよ、節電をしたというただそれだけで、スーパーサイヤ人みたいにどんどん進化し始めたのです。

これはもう、やめられなくなって当然ではないでしょうか？

かくして私は、ついには電気というものをほとんどやめてしまいました。

それだけじゃありません。ガス契約もやめ、水道もほんのわずかしか使わなくなりました。他にも洋服やら化粧品やら、考えつくありとあらゆるものを極小化していきました。挙げ句の果てには会社まで辞めてしまったんですから、我ながら尋常じゃありません。

しかもそのチャレンジは今も継続中です。気がつけば、何か手放せるものがないか絶えず探している。なぜなら、何かを手放すほどに自分が強く自由になっていくからです。

これはとんでもない鉱脈を見つけてしまったのかもしれない。半ば信じられない思いで、やはり今日もせっせと身辺を整理している私であります。

えーっと誤解していただきたくないのですが、もちろん、人様にこんな極端な暮らしを押しつけようなどというつもりは毛頭ありません。ただこれだけは、心の片隅に留めておいていただいても損はないかと思うのです。

今の世の中は閉塞感に満ちている。誰もがそう言います。浮かぬ景気。減る人口。広がる格差。どこを見てもすべてがどん詰まりだと。

しかし私は一人、それがどーしたと能天気に生きています。世の中はまだまだ捨てたもんじゃないと心の底から思っている。

自分が変われば世界が変わる。誰よりも私自身がそのことにびっくりしているのです。

寂しい生活 もくじ

本文イラスト　祖父江ヒロコ
DTP　美創

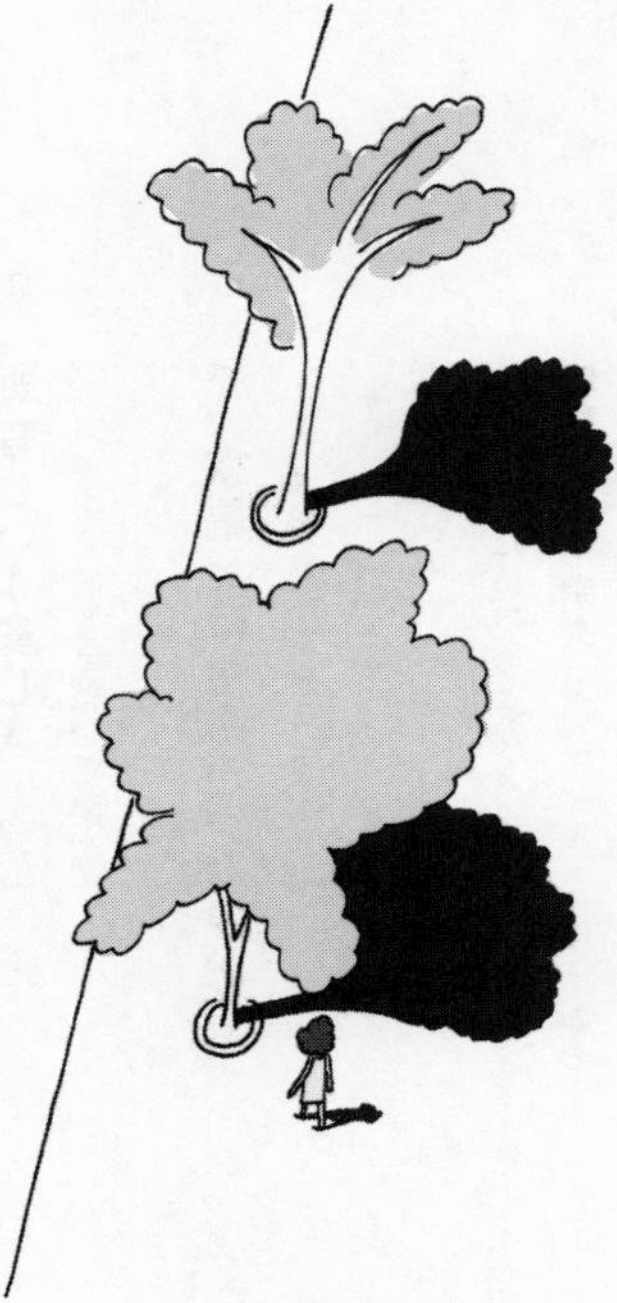

1

それは原発事故から始まった

（アナザーワールドへ）

夢から遠く離れて

妙な暮らしをしている。

きっかけは原発事故であった。あまりの惨事に、我々は原発がなくても生きられるはずだと勝手に節電を始めた。恐る恐る家電製品を手放し始めたら止まらなくなった。最後には冷蔵庫も洗濯機もテレビも捨て、ついには会社員という地位も手放し、築50年近いワンルームマンションへ引越しを余儀なくされ今に至る。

その暮らしと言えば、電気代は月150円台、洋服も靴も例のフランス人レベル（10着）しか持たず、暑さ寒さはただ甘んじて受け入れ、日々の家事は手足と試行錯誤でこなし、食事はカセットコンロで炊く飯と味噌汁と漬物。さらにはガス契約もやめてしまったので二日に一度の銭湯が最大の娯楽という体たらくの独身51歳である。

いやいや、我ながら本当に妙な地点に辿《たど》り着いてしまった。

こんなことになろうとは、ついこの間まで考えたこともなかった。高度成長期に生まれ育ち、いい学校、いい会社、いい人生という「人生スゴロク」をなんの疑いもなく信じ、ひたすら上を向いて生きてきたのである。

ああそんな私の理想の暮らしと言えば、思い返せばこんな感じでありました。

それなりに十分な収入を得て……

落ち着いた住宅街で小さな庭のある、日当たりとセンスのいいゆったりした家に住み……

シックな家具に囲まれて、気の置けない友達を招いては「わあ〜素敵なおうち」などと褒められて「ふふふ」とさりげなく受け流し……

生涯の相棒と言えるような愛らしいペットを飼って……

年を取ってもお洒落は忘れず……

時にはドレスアップして外出し、手の込んだディナーをゆっくり食べて楽しむ……

いやいやなんだか書いていて嫌な汗が出てきました。いったいどこからこんなイメージを寄せ集めてきたんだか。ごくごく普通のサラリーマン家庭であった我が家は言うに及ばず、身近にそういう暮らしをしている人がいるわけでもなんでもない。リアリティーなど微塵もありゃしない。ただピカピカしたお洒落な雑誌で垣間見た有名人の暮らしを自己流に組み立てたシロモノである。

しかし情報社会の刷り込みとは現実以上に影響力を持つものなのだ。

曖昧模糊とした蜃気楼のような「夢」であるにもかかわらず、なんの疑いもなく自明のこととして、そのような暮らしを目指すのが当然だと考えて50年も生きてきたのである。

だから働きましたとも！　会社にしがみついてきましたとも！　で、実際に服やら家具やら食器やらいろいろと買ってきましたとも！　そして時代と幸運に恵まれ、夢の実現とまではいかないまでも、我が暮らしは少しずつステップアップしていったのだ。

ところが人生も後半戦に入り、まさかの路線大変更なのであった。気づけば、かつての理想から1万光年ほどのはるか彼方にポツリと立つ私がいる。

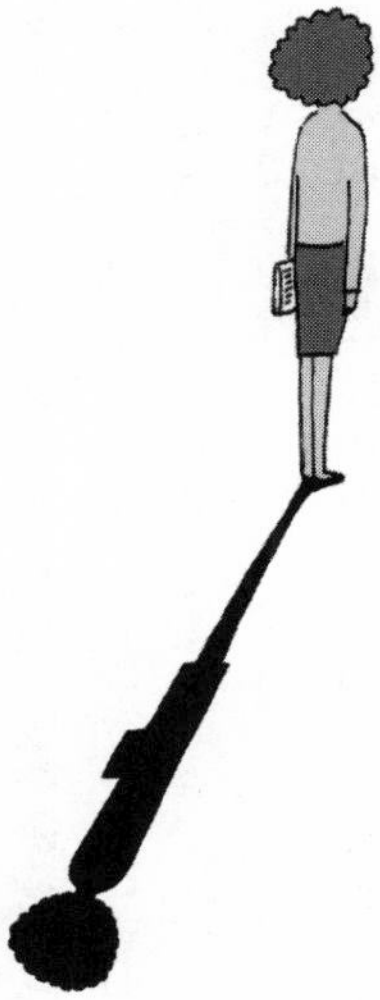

すべては震災から始まった

すべてはあの日から始まった。２０１１年の東日本大震災である。

当時、私の仕事机は朝日新聞大阪本社編集局長室の隅っこにあった。役職は「地域ニュースディレクター」。ミッションは、部数減と収益減に悩む社のための地方人員削減。要するにリストラの尖兵《せんぺい》であります。そして私はその役目を果たす気はまったくなく、日々勝手なことばかりしておりました。

いやそんなことはどうでもいい。

何はともあれ私はその時、編集局の中枢である局長室にいたのだ。

新聞社の午後は夕刊の締め切りを終え、1日のうちで最ももったりとした空気が流れる時間帯である。局長室でも、誰も見ていない昼の国会中継のやり取りがテレビ画面から所在なげに流れていた。

と、当時すでに人気凋落《ちょうらく》ぶりの激しかった菅直人首相の答弁とヤジが突然ストップした。何事かと思うまもなく、大阪本社のビルがゆっさゆっさと船のようにゆっくり大きく揺れ始めた。

これは、ただごとではない。誰もがそう思った。

大阪本社では少なからぬ記者が1995年の阪神・淡路大震災を経験している。その時のことが頭をよぎらなかった者は一人もいなかったろう。もちろん神戸に暮らす私も、あのとてつもない悲劇の記憶が瞬時によみがえった。体全体がギュッとこわばった。

だがその時、私の頭の中には原発の「げ」の字も浮かばなかった。

地震列島のあちこちに原発が建っていることなど、正直言って真面目に考えたことはなかった。それどころかそもそも、どこにどれだけの原発が建っているかすら知らなかったのである。

その後に起きたことを、一生忘れることはないだろう。

福島第一原発の水素爆発のテレビ映像を、編集局の幹部が皆あぜんとして見守ったこと。これからどうなっちゃうんですかねという誰かの一言が宙を漂い、「……わからん」という答えしか返ってこなかったこと。原子炉の状態が日に日に悪くなる中、毎朝の幹部会議で誰もが顔をこわばらせ、押し黙り、ただただ途方に暮れていたこと——。

ニュースの中枢にいたはずの我々でさえそうだったのだ。

何もわからなかった。ただただ恐ろしかった。不安で押しつぶされそうだった。

個人的脱原発計画

だが私には「不安」だけではない複雑な感情があった。

これは、このとんでもない事態は、いったい誰のせいなのか？

もしかして、私のせいでもあるんじゃないか？

新聞記者生活の中で一度だけ、原発と向き合ったことがある。高松支局で働いていた記者2年目の時である。

愛媛県にある伊方原発で、国内初の「出力調整実験」が行われるという騒ぎがあった。原発は決まった量の電気を一日中作り続けるので、需要の少ない夜中には大量の電気が余ってしまう。ああもったいない。というわけで出力を上下する実験が行われたのだ。

これに、反原発派が「実験は危険だ」と反発した。

高松にあった四国電力本社に全国から数千人が集結してどんちゃんとデモを繰り広げた。学生運動の記憶を持つ先輩記者は「デモなんてひさびさだ」と興奮しきりだったが、突然現れたヒッピーのような異形の集団に、地元の人たちの目は冷たかった。

「急に外から来ていろいろ言われても、ねえ」

私も正直、うんざりであった。

日本の技術はすごい。事故の可能性を言い始めたらきりがないし、そもそも原発なくして現代の便利な暮らしは成り立たぬ――それが当時の空気だった。反原発はエキセントリックな一部の人の非現実的な主張であり、イケてないニュースだった。

そして実験は無事終わり、私は心からせいせいした。デモの記事をやっつけで出した後はすぐさま本業の「サツ回り」に復帰である。刑事の自宅へ早朝や深夜に押しかけ、隠された事件はないかと懸命に探る。それが会社から期待された特ダネ競争であり、自分の評価を高める道だった。原発の抱える様々な矛盾についてはその後も何一つ調べようとしなかった。

目の前に大事なことがあっても、ヒントを与えられても、空気を読み、うまく立ち回ろうとするセコく濁った目には何も映らない。

だから爆発した原発の映像を見た時、なんとも言えぬ気持ちが湧き上がってきた。大事故が起きると、マスコミは必ず「責任者は誰だ！」と追及する。二度と同じことを起こさないためには欠かせぬ作業だ。だが私にそんなことを言う資格があるのだろうか。

安全神話をいいことに、電気のもたらす便利さに当たり前につかり、溢れる警告をバカにし続けた。自分のちっぽけな利益だけを考え、すべきことをハナからやろうともしなかった。そんな私がどのツラ下げて「責任追及」などできるだろう。真面目に考えれば、そんな過去に目をつぶってマスコミに籍を置き続けることだけでもはばかられるというものだ。

だがしかし、私ごときが責任を取って会社を辞めたところで何がどう変わるわけではないという、これまたセコイ言い訳も心の中から聞こえてくるのである。要するにやっぱり自分が大事なのだ。

とはいえ私にも、最低限の良心のようなものがあった。

本当に手遅れではあるけれど、イマサラと言われようがなんと言われようが、どんなにみっともなくてもカッコ悪くても、何かをしなくちゃいけない。

そのためには何はともあれ、剝がれた化けの皮を修復しなければならなかった。そのうえで、今さらどのツラ下げてという批判をものともせず、これまでと180度違うことをシャーシャーと言っていくのだ。

そのためには武器が必要であった。自分をリセットする何かが必要であった。

そこで思いついたのが、「個人的脱原発計画」である。

私が電気を買っていた関西電力は、供給する電気の実に半分を福井県に林立する原発で生み出していた。なんの意識も感謝もしていなかったが、私の「便利で快適」な暮らしは、原発の危険を引き受けている福井の人にどっぷりと頼りきっていたのである。反原発を言うなら、そういう自らの暮らしを根っこから問い直さねばならない。

原発のない暮らしなんて、本当に、本当に可能なのか？すなわち「便利で快適」を捨ててもよいのか？そして、いったん手にしたそれを捨てるなんていうことが果たして本当にできるのか？不便な生活を便利な生活に変えるのは簡単だけれど、いったん始めた便利な暮らしを手放すのは、どう考えたって簡単じゃないだろう。ならば自分でやってみなければなんの説得力もない。やってみようと思った。というか、それしか自分にできることが思いつかなかった。今使っている電気を、原発分を差し引いた半分に減らす。そこにはいったいどんな暮らしが待っているのか。

今振り返れば、当時は本当に何もわかっていなかった。だがこの単純な決意が、我が人生を根底から揺るがすことになったのである。

長い長い旅路の始まりである。

早々に行き詰まる

さて、こうして張り切って「計画」を立てたのはいいが、原発のない暮らし、すなわち電気代を半減して暮らすというのは、まったく生易しいことではなかった。計画は早々に暗礁に乗り上げたのである。

もし私が「じゃぶじゃぶ」電気を使う暮らしをしていたなら、そうでもなかっただろう。例えばエアコンや炊飯器、電気ポットなどを一日中つけっぱなしにしている家庭であれば、使っていない時はこまめに切ることで、かなりの電気代を減らせるはずだ。

しかし私の場合はそうではなかった。

もともと冷房が苦手で、エアコンはあったが夏はめったにスイッチを入れることはなかったし、ご飯は圧力鍋で炊き、掃除もほうきと雑巾でしていたので、炊飯器も掃除機もなかった。電気ポットの類いはそもそも持ったことがない。トイレの保温便座にも縁がなかった。

当時持っていた家電製品は以下の通りである。

テレビ
冷蔵庫
洗濯機
電子レンジ
フードプロセッサー
ドライヤー
エアコン
アイロン
電灯
ミニコンポ
コタツ
ホットカーペット

電気毛布

一人暮らしでもあり、一般の家庭よりはかなり少ないのではないだろうか。月々の電気代は季節によってばらつきはあったが、ほぼ2000円台といったところ。ここから電気代を半減するのは、文字通り「乾いた雑巾を絞る」ようなものだったのである。

しかしだからと言って引き下がるわけにはいかない。目標は電気代が1000円を切ることとした。もしこの厳しい目標が達成可能なら、誰もが電気代を半減できる可能性が高まるではないか。

難題上等!

そう思って一人勝手にファイトを燃やしたのである。

乾いた雑巾を絞る

で、頑張りました私。

まずは明かりをこまめに消した。

そして待機電力を減らすため、テレビを見ていない時、CDを聞いていない時は、コンセントからプラグを抜くことにした。

誰が見ているわけでも褒めてくれるわけでもなく、したがって華々しい達成感もまったくない。だがそんなことでくじけてはいられない。面倒くささを押し殺し、電源を切ると同時にプラグも抜く習慣を身につけようと、一人暮らしの部屋で孤独な奮闘を続けたのである。

そして最も頑張ったのは、風呂場の換気扇を回す時間を大幅に減らしたことだ。

稲垣家ではずっと、風呂場の換気扇は24時間つけっぱなしにしてきた。「窓のない風呂は常に換気しないとカビだらけになる」というのが父の持論だったからだ。しかし考えてみればあまりにやりすぎではないか、これを止めれば相当な節電効果があるんじゃなかろうか。

とはいえ、風呂場がカビだらけになるのはよくない。

考えた末、風呂場を使った後はすぐさまタオルで風呂場中の水滴を拭き取ることにした。冷たいタイルに囲まれて、裸で壁から床からせっせと拭き取るのは実に物悲しい作業であった。当たり前だがとても人様に見せられるような姿ではない。

しかし私、毎日頑張りました。まさに「我慢の節電」である。

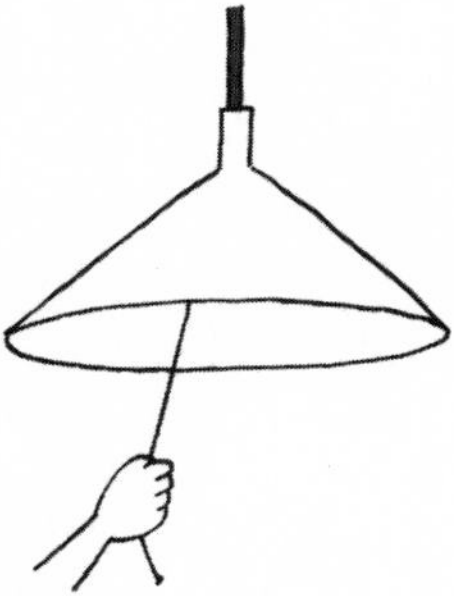

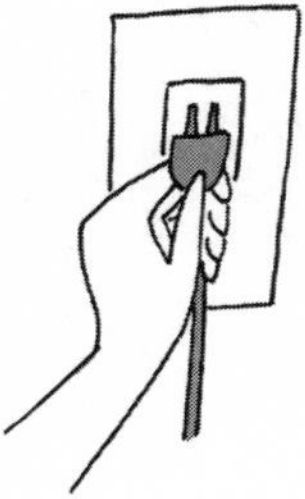

唯一の心の支えは、翌月の電気代であった。さすがにここまで頑張ったんだからかなり効果はあるはずだ。もしかして1000円を切っちゃったりして……。

ところが、である。

心待ちにしていた4月の電気代。ドキドキしながら請求書を見てみると、減っているどころか、なんと微妙に増えているではないか！

いや～この時のショックと言ったら……。私のあの地道な努力はいったいなんだったんだ！

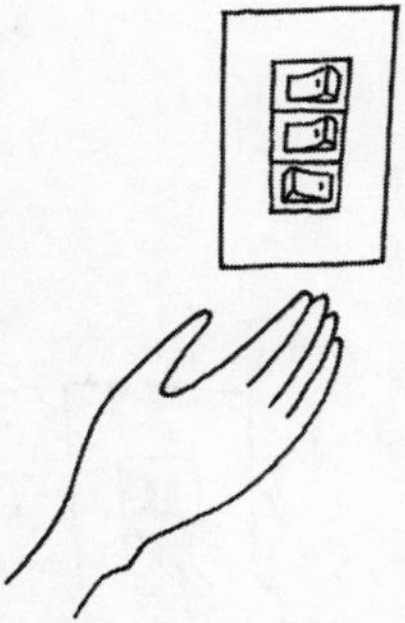

幸之助様の華麗な発想

今思えば、そもそも換気扇の消費電力などたかが知れていたのだ。それよりも春から初夏へと季節が移行して気温が上がり、冷蔵庫の消費電力が自動的に上がったことが電気代を押し上げたのではと推測されるところである。

だが当時は、そんな冷静な分析どころではなかった。「こんなに頑張ったのに！」という思いがショックを倍増させていた。早くも挫《くじ》けそうであった。いずれにせよはっきりしたのは、今のやり方では、いくら頑張っても「半減」には届くはずもないということだ。

このままではダメだ。発想を根本的に変える必要があった。

しかし変えると言ったって、いったいどう変えるのか……。

当時は節電がブームだったので、ネットで検索すると様々な節電方法が紹介されていた。しかしそのほとんどが、「エアコンをこまめに消す」など私がとっくにやっていることばかり。だいたい、そもそもネットに頼るっていうのもねえ、電気じゃんと思ったり。

だがある日、そんな矛盾を押し殺して検索を続けたことが報われる日がやってきた。それは「経営の神様」松下幸之助氏の、普通の人とは一味も二味も違う華麗なる経営哲学を紹介したサイトであった。その一つに、こんな逸話が紹介されていたのだ。ちょっとウロ覚えだが、だいたい以下のような内容であった。

松下電器が経費節減のため「電気代を1割減らす」目標を立てたもののうまくいかず、幹部が集まってああでもないこうでもないと話し合っていた時、幸之助氏が一言。

「わかりました。それでは目標を変えて、1割減ではなく半減を目標にしましょう」

「え?」と思いませんか。1割が難しかったら、まずは現実的なところで半分の5%にしてみようと考えるのが普通の発想である。大人の知恵である。それがなんですと? 1割すら達成できないのに半減なんてできるはずないではないか。

幸之助、ご乱心?

しかしですね、常人の浅知恵とはまったく違う発想を打ち出してくるのが幸之助様の幸之助様たる所以《ゆえん》なのである。

1割を減らすために思いつくことをいくら頑張ったところでたかが知れている。だが半減となれば根本的に発想を変えねばならない。そこまでして初めて1割という目標を達成できるというのだ。

いや〜ナルホド！　確かに私に必要なのは「根本的な発想の転換」だ。

私の当初の目標は「電気代の半減」であった。そうか。半減を目標にしている限りは半減などできるはずもないのである。

幸之助ならどうしたか……。

で、ピンときましたね。

半減ではなく「全滅」。これを目標にすべきではないか。

全滅。つまりは「電気はない」という前提に立ってはどうか。あるものを減らすという発想ではなく、そもそもないのだと頭を切り替えるのだ。「電気はないもの」として暮らす。で、どうしても必要な時だけ、必要最低限の電気を使わせていただく。

そしてこの瞬間から、私はそれまでとは「違う世界」を生きることになったのだ。

暗闇の中の光

それはどんな世界だったのか。

まずは、家中のコンセントというコンセントからプラグをすべて引っこ抜いた。テレビも、オーディオも、電子レンジも。冷蔵庫を除くすべての家電のプラグを抜いたのである。

これからはこの状態がスタンダードなのだ。すべてはここから何をしたいかを考える。「ない」はずの電気を特別に使わせていただいてまで、つまりは隙間にわざわざ手を伸ばしてイライラしながらプラグをエイッと差し込んでまで、本当にテレビを見なきゃいけないのか、明かりをつけなきゃいけないのか、電子レンジを使わなきゃいけないのか。

それを一つ一つ自分で決めることになるのだ。

その夜から、私の世界は一変した。

まずはエレベーターである。電気は「ない」のだから、エレベーターなどという箱はただの箱であって動くはずもない。そう思うと、ボタンに手が伸びることはなかった。会社から帰宅するやいなや真っ直ぐ階段へと向かう。5階までえっちらおっちらと自らの足で上る。

そしてカチャカチャと鍵を開けて、家の中へ。

一人暮らしなので、当然のことながら室内は真っ暗だ。

で、普通ならすかさず電気をぱちっとつけるところだが、もちろん電気は「ない」のだからそんなことはしない。

まずは玄関にしばらくじっとして、暗闇に目が慣れるのを待つ。

これを話すと皆さん笑うんだが、笑いごとじゃないんですね。

やってみればわかる。まったく驚いたことに、電気をつけなくたって案外なんとかなるのである。明かりというものは必ずどこかにはあるもので、ちょっと時間が経つとうっすらと室内が見えてくるのだ。

つまりは道端の電灯。月の光。これが案外とバカにならない明るさなのである。つまり暗闇の中に、これまで気づこうともしてこなかった明るさが突然立ち現れてきたのである。

そこでおもむろに靴を脱ぎ、家の中に入っていく。

この頃にはもう目がすっかり慣れている。着替えたり、トイレで用を足したり、風呂に入ったり、電気をまったくつけないまま、かなりのことがなんの問題もなくできるではないか。

むしろトイレも風呂もかえって落ち着くのである。考えてみれば、トイレで用を足す自分の姿なんてはっきり見たいわけじゃないのになぜあんなにピカピカと明るくなくちゃいけなかったのだろう？　風呂も、ほのかな明かりで湯船につかれば高級温泉旅館のようだ。

そして カチャカチャと 鍵を 開けて、家の中へ。
まずは 玄関に しばらく じっとして、
暗闇に 目が 慣れるのを 待つ。

「新たな世界」の出現

そして、テレビである。テレビはある。そこにある。でもプラグは抜かれている。

なので、まずは「何か見たいもんある？」と自分に問いかける。


よくよく振り返ってみれば、これは一人暮らしを始めて以来、初の問いかけであった。この日まではずーっと、帰宅するやいなや、見たい番組があろうがなかろうが何はともあれテレビをぱちっとつけていた。

「とりあえずビール」ならぬ「とりあえずテレビ」である。

なぜだったのだろう。

テレビは何かを「埋めてくれる」存在なのかもしれない。スイッチさえ入れれば手を替え品を替え刺激的な映像を発してくれる魔法の箱は、人生につきものの孤独を紛らわせ、仕事やら人間関係やらの嫌なことを忘れさせてくれる家族やペットのごとき存在だった気もする。

だが当然のことながら、テレビは家族じゃないし、生き物ですらない。「電気はない」ということは、そんな幻想や甘えから自分を引き剝がすことでもあったのである。最初は何かそわそわした。あるべきものがない寂しさ。だが本当に見たい番組なんて実はそうそうあるもんじゃない。リモコンという手段を封じてみると、数歩歩いてプラグを入れるというわずかな「手間」のほうが、見たいという気持ちを上回ってし

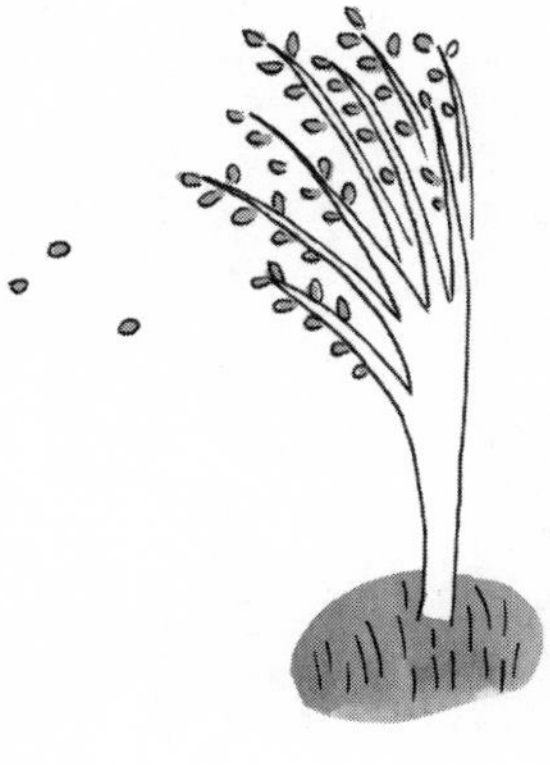

まう。

そして、案外すぐに寂しさは消えたのだ。

窓の外から風の音や虫の鳴き声が聞こえてくる。それはこの家に10年以上住んでおきながらついぞ気がつかなかったサウンドであった。なるほど「風流」とはこういうことであったのか。「風が流れる」って書くけれど、まさに風の流れを感じる日々が始まったのだ。

つまり何かをなくすと、そこには何もなくなるんじゃなくて、別の世界が立ち現れたのである。もともとそこにあったんだけれども、何かがあることによって見えなかった、あるいは見ようとしてこなかった世界。

外の世界も一変した。

会社でもデパートでも駅でも、エレベーターもエスカレーターも使わない。階段を探してテクテクと上り下りする。だって電気は「ない」のだから。

みんな同じ風景を見ているはずなのに、自分だけが違う世界を見ているのである。

階段を一段飛ばしで上がっていく日々を繰り返していくと、呼吸が乱れることもなくなり、体幹が鍛えられていくのが実感できる。街全体がマイ・エクササイズジムである。しかし世の人は皆、長蛇の列を作ってエスカレーターを使っている。階段はガラガラだ。

そして皆、運動不足だから、太っちゃうからと、高いお金を払ってダイエット食品を買ったりジムへ行ったりしている。

いや人のことを笑うことはできません。私もずうっとそうしてきたのです。あれはなんだったのでしょうか。私はいったい何を目指してきたのでしょう。

2

捨てること
||
資源発掘?

（掃除機、電子レンジ……）

ルビコン川を渡れるか

節電とは何か。

それは一言で言えば、せっかく手に入れたモノを失う行為だ。現代人の価値観で言えば「敗北」である。それをわざわざやるのだから、節電イコール忍耐であり、我慢であり、ストイックな行為……誰もがそんなふうに考える。でも前章で書いたように、実際に私が見た「節電後の世界」は、どうもそんなもんじゃなかったのだ。

いや確かに、真っ暗な家に帰っても電気をつけず、暗闇の中、しばし玄関にジーッと立って目が慣れるのを待つって変ですよ。異常です。まあ一人暮らしじゃなきゃこんなアホなことはできません。でも変だけど、嫌じゃない。あまりにバカバカしいから話のタネにはなるしね。ストイックというより、ちょっとした冒険と考えられないこともない。

しかもその世界が貧しくてショボいかというと、これがそうでもなかったのだ。電気という「覆い」を取り除いたことで、暗闇の中のわずかな光に気づいたり、駅の階段がエクササイズジムに見えてきたり、まあいずれもそんなにたいしたもんじゃないとはいえ、これまで隠れていたものが、フッと表の世界に出てくる感じなのである。

これはちょっとした驚きだった。行き詰まってばかりいる我が人生において、数少ない貴重な明るい出来事であった。

で、私は次第に、こんなふうに考え始めたのだ。

もしかして「ない」ということの中に、それが何かはよくわからないけれど、別の可能性みたいなものが広がっているんじゃないか？

それはこれまでの人生で想像すらしてみなかったことだ。

かくして私は恐る恐る、家電製品を「捨てる」という行為に手を染め始めたのである。

……と簡単に書いたが、「節電をする」ということと「家電を捨てる」ということとの間には、なかなかに大きな隔たりがある。

それが証拠に、今の私の電気代（月１５０円台）を聞いて「どうやって節電してるの?」と熱い関心を寄せる人は少なくないが、「いや、そもそも家電製品がないんだよ。捨てたんだ」と言った途端、ザーッと関心が引いていく音まで聞こえる気がする。つまりは家電とはまるで手足のごとく、現代人の暮らしに欠かせないものになっているのだ。

このところ人工知能の発達が話題になり、「いずれヒトの仕事が乗っ取られてしまう」と心配する人が増えているけれど、いやいや今さらそんな心配をしている場合じゃないですよ。すでに現代人の体の一部は確実に機械（家電）に取って代わられているのです。

その「手足」を捨てるのだ。これはやはり尋常なことではない。

その高いハードルを越えるために必要なのは、結局のところ大いなる勇気だ。勇者でなければルビコン川を渡ることはできない。

勇者でなければ
ルビコン川を渡ることはできない。

掃除機を手放すという冒険

勇者とは、冒険をくぐり抜けた人のことであろう。そう考えると私は確かに勇者であった。あるささやかな冒険を体験していたからだ。

それは「掃除機との決別」である。

話は10年ほど前に遡《さかのぼ》る。

突然、友人から思いもかけぬ告白を聞いた。「私、掃除機捨てちゃった」。なんですと？ 私は心底驚いた。それっていったいどういうこと？

聞けば「断捨離」の一環だという。執着を手放すという考え方に共感し、様々なものを捨てようと奮闘中なのだと。

なるほど。確かにそれは大切なことでありましょう。しかし人間、掃除はしなきゃいけません。生きていたらどうやったって部屋は汚れる。いくら執着を手放すといったって、それは人としてやりすぎではないか。なので私、「掃除機がなかったらどうやって掃除するの？」と、半ば喧嘩腰に質問したのでした。

すると彼女、「雑巾があれば大丈夫だよ」とあっさり答えるではありませんか。え、雑巾？　予期せぬ答えに、慌てて我が家の光景を素早く思い返す。あ、絨毯があるよ！　あれは雑巾じゃ掃除できません。そう言うと彼女はこれもあっさり「ほうきでいけるよ」と。

ほ、ほうきですか！

「それっていつの時代のことなんだ」と驚くやら呆れるやら。それなのに、なぜかその思い切った行動を「ないないないない」と片付けることができなかったのはなぜなのか。

私にも掃除ができた！

私はもともと家事が得意な人間ではありません。中でも一番苦手……いやはっきり言えば大嫌いだったのが掃除でした。恥を忍んで告白すると、平日はもちろん、週末ですら掃除をしないことが珍しくなかったのです。

いやもちろん、やってしまえばもちろん快適なんですよ。実に清々しい。ああ掃除してよかったなあと思う。それなのに、時間が経ち、だんだん部屋がホコリっぽくなってきて、髪の毛やら小さなゴミやらが明らかに目立ち始め、ああそろそろ掃除をしなくっちゃと思うんだけれど、これがどうにもこうにも体が動かない。

そんな日々を、思えば何年も、いや何十年も繰り返してきたのです。そんな自分が自分でも嫌だった。それが彼女から「掃除機がなくても掃除はできる」と聞いた時、そんな長年のコンプレックスに一筋の光が差した気がしたのである。

もしそうなら、私、なんか、もしかして……掃除ちゃんとできるかも？　いやわかってます。責任転嫁です。だってそんなこと一度だってやったことないんだから。どのツラ下げてそんなこと言えるんだか。しかし……。

改めて自分の心を観察してみる。私はなぜ、掃除が嫌いなのか？

そろそろ掃除しなくっちゃと思う。

で、掃除機出さなくっちゃと思う……。

そう、この段階ですでに心がしぼむんだ！　物置を開けて、重い掃除機をガラガラ引っ張り出す作業を想像するだけで腰をあげるのが嫌になってくる。

しかしそこをあえて乗り越えて掃除機を出したとしましょう。

でも試練はどこまでも続くんだよこれが！　コードをキュルキュルと引っ張り出してコンセントにつなぎ、ガーガーと大きな音を立てて掃除機を引っ張り回し、するとこのコードが段差やら家具やらに引っかかり、本体も段差があるところではいちいちガックンとつまずき、そのうちコードが限界まで伸びてすべてが行き詰まる。スイッチを切り、また別のコンセントに差して……よくよく考えると、私はこのすべての瞬間にイラッとしていた。要するに、掃除をするという作業の最初から最後までまったく楽しくない！

そこにあるのは、ただきれいにしなければという義務感だけ。でもそれが当たり前なんだ、家事なんだから。我慢してやるのが家事ってもんでしょヤレヤレと思っていたわけです。

これではサボりがちになって当然じゃないですか！

だから「雑巾とほうき」と聞いた時、キラーンと閃《ひらめ》くものがあった。ほうきでささっとホコリを集める。手でキュキュッと床を磨く。それってもしやちょっと快感なんじゃ？

ああやってみても損はあるまい。

というわけで、近所の雑貨店でベトナム製の小さなほうきとアルミのちりとりを見た時思わず買ってしまったのでした。これが素朴でお洒落で、物置にしまっておくなんてもったいなくて、台所のスチール棚に引っかけたS字フックに吊るしてみたらなかなか可愛い。目につかない場所に押し込んでいる掃除機とはえらい違いです。

雑巾のほうは、小学校の家庭科の授業を思い出して、使い古しのタオルをざざっと手縫い。数十年ぶりの作業に意味なく心が浮き立ちます。

で、どうなったか。

いやーもうびっくり！　私、まさかの掃除大好き人間になったのです！

フローリングの床を雑巾で磨き上げるのは、まるで我が心の曇りを拭くかのよう。

床がピカピカになると心もピカピカになる……なーんてお坊さんみたいなことを考え

てみたり。

そして、掃除が「おおごと」じゃなくなった。ゴミやホコリを発見したらすぐさまほうきをフックから外してチャチャッと一掃き。考えてみればいつも家中を「大掃除」しなくたっていいんだよね。これならなんの面倒くささもない。

かくして半世紀近く生きてきて初めて、これまでの人生でありえなかったレベルの美しい部屋が私の手元に転がり込んできたのでした。まったくもって予想だにしなかった事態です。

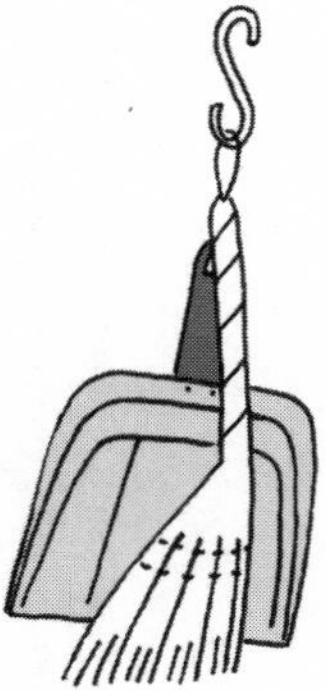

小さい頃から母に「きれいにしなさい」と叱られ続け、それでもちゃんとできない自分に苦い思いを抱き続けながら生きてきました。それは人として何か大きなものが欠落しているからなのだと思ってきた。

しかし、まさかとは思ってはいましたが……。

私は掃除が嫌いなんじゃなくて、掃除機が嫌いだったんだよお母さん！

と、声を大にして言いたい（笑）。

「なくたって生きていける」という衝撃

こうして我が掃除機の出番はピタリとなくなり、ただ物置にゴロリと横になっているだけの存在になっていきました。しばらくそのままほったらかしにしていたのですが、ある日ふと、これってもう私の人生には不要なんじゃないかと思ったのです。

かくしてついに、「掃除機を捨てる日」がやってきました。

指定された日に、えっちらおっちらとマンションの自室から掃除機を運び出し、道端のゴミ集積場へ向かった日のことを生涯忘れることはないでしょう。長年私の心を悩ませ、しかし病める時も辛い時も私と共にあり、なんだかんだとさんざん世話になった掃除機を、道路の脇に置き去りにしてくるりと背を向けて歩き出した時、なんだかとんでもない取り返しのつかないことをしたような気がしたのです。

ふと後ろを振り返ると、思った以上にちっぽけで、薄汚れて、くたびれたヤツが所在なげに佇《たたず》んでいる。まるで、長年なんだかんだと付き合ってきた恋人を捨てるかのよう。

ごめんねごめんね、でも、もう戻れないんだよ。私はこれから新しい人生を歩んでいくの。だから許してね……。

そして確かにその日から、私の人生は新たな方向へ向かって進み始めたのです。

「これなしでは生きていけない」と思っていたものが、実は、なくたって生きていける。それは考えたこともない衝撃でした。

それどころか、何かを手に入れることは、実は何かを失うことであったのかもしれない。

すなわち、もし掃除機を一生使っていたら、私はただただ「掃除って嫌だなあ」と

ごめんねごめんね、でも、もう戻れないんだよ。

思いながら生き、死んでいったに違いない。ところが私は掃除機を手放したことで、自分の中の思わぬ資源を発見したのです。

私にもちゃんと掃除ができる。しかも楽しく掃除ができる。きれいな部屋で過ごすことができる。

「手に入れること」ではなく「手放すこと」で、何もないと思い込んでいた自分の中に、思いもよらぬ資源が隠れていたことを知ったのです。

電子レンジ、ハードルに引っかかる

とはいえ、この後すぐに他の家電を手放すことを考え始めたわけではありません。掃除機ははっきりと「嫌い」でした。しかしその他の家電は普通に当たり前に利用していた。まさにすべてが「体の一部」。つまりは捨てる理由がありませんでした。

ところが「個人的脱原発計画」により、そうも言っていられなくなったのです。いったん引き抜いたプラグをわざわざエイッと手を伸ばして差し込んでまで使う必要があるのかが絶えず問われることになった。つまりはこの新たなハードルを越えられない家電は、我が家では生き残ることができなくなったのです。

そこで最初にハードルに引っかかったのが……まさかの電子レンジ！

いやいや、これは我ながら予想外です。

詳しくは6章で書きますが、我が家では電子レンジとは空気のように「あって当たり前」の存在でありました。日本に電子レンジというものが登場するやいなや稲垣家に導入され、かれこれ40年にわたり日々の調理に欠かせぬ存在として我が台所に君臨してきたのです。

それがこうもあっさりと、「手を伸ばしてプラグを差し込む」という低いハードルに引っかかってしまうとは……。

どうした電子レンジ！

あんたの存在ってそれだけのもんだったの！

しっかりしろ！

と、他人事（他物事？）ながら激励したくなる気持ちすら湧いてくる。

電子レンジ＝実は時計？

しかしなぜこのようなことになったのかと言えば、改めて考えてみると主な用途は以下の3つしかなかったからです。

①冷凍ご飯の解凍
②豆腐の水切り
③時計

いやー、こう改めて書いてみると文明の利器の割には実に地味なミッションです。とはいえ、どれも我が暮らしに欠かせぬものばかり。これをすべて解決せねばレンジを手放すことなどできません。

で、まず何よりも大きく立ちはだかったのが、③の時計問題でした……って、時計？　だってレンジでしょ？　いやいやそうです。わかってます。そうなんですけどね、これが実のところ私にとっては大問題でして、というのも我がレンジには「時刻表示機能」があり、いつの間にやらレンジが我が家唯一の時計となっていたんですよこれが。

なのでまず、プラグが抜けなかった。だってそんなことしたら我が家から時計がなくなっちゃいます。それが嫌なら電源を入れ直すたびに時刻をセットし直さなきゃいけない。そんな面倒くさいことできるわけない！

というわけで、節電を始めた当初は「抜くべきか抜かざるべきか」で延々と悩み、結局抜くことができずに見て見ぬ振りをしたのでした。しかし電気は「ないもの」として暮らし始めた時、もはや例外は許されぬと決死の覚悟でブチっと引き抜いた。

長年にわたり青い光を放ち続けていた時刻表示は、フッと消えました。

私は慌てて近所のコンビニへ走りました。電池が切れたまま放置していたイタリア土産の置き時計の電池を買いに行くためです。

ハアハア息を切らせて帰宅し、さっそく電池をセット。

すると、長い間止まっていた可愛らしい時計は何事もなかったように、カチカチと小さな音を立てて動き始めたではありませんか。

……以上です。

なんだ、やればできるじゃんよ！　時計問題一気に解決！　あんなにウジウジ悩んでたのはなんだったんだ！

使っていなかった我が脳みそ

そう、「やればできる」。

いやわかってます。まったくもってそれほどのことじゃありません。ただ「電池を買いに行った」ってだけです。でもたったそれだけのことで、私はそれまでの自分じゃなくなった。

いやわかってます。さぞかし大げさに聞こえることでしょう。

しかしですね、「あれば便利」は、いつの間にか「あって当たり前」になっていく。その当たり前に受け取ってきたものがなくなるのは、それがどんなちっぽけなことであっても怖いのです。不安なのです。そこを乗り越えて、自分の頭で考えて工夫して動いたら（ってほどのことじゃないですが）「なんとかなったじゃん！」という体験は、まるでフォースを得たジェダイの騎士のごとく私の世界観をガラリと変えたのでした。いや本当に！

というわけで、鼻息荒く「冷凍ご飯の解凍問題」に挑む騎士であります。

まず考えたのは、食べる前日に冷凍庫から取り出して解凍すればいいじゃないかと。しかしこれだとパサパサポロポロ。さすがにこれは嫌だ。

あ、そうだ！　蒸せばいいんだ！　蒸し器が電子レンジに取って代わったと思えばよいのです。冷凍ご飯をラップで包んだまま蒸し器に入れて火にかけるだけ……ん？　意外と時間がかかる。外側はアツアツなのに、ラップの外から押してみると中はまだ凍ってガチガチ。悪くすると5分以上かかりそう。ガスとて貴重なエネルギーであることを思えばこれは正解なのだろうか……とここまで考えて、あることを思いついたのでした。

うーん。私って……バカじゃない？

なにも冷凍ご飯を直接蒸し器に入れることないじゃんよ。翌日食べるご飯は夜のうちに冷凍庫から出しておいて、それを蒸せばいいじゃないですか！

さっそくやってみましたとも。解凍したご飯をラップごと蒸し器に入れて数分間。

いや……私も、本当に驚愕いたしました。

これがうまいのなんのって！　お米の一粒一粒がもちもちしっとりふっくらとして、本当に炊きたてのご飯そのものです。

私それを食べながら、しみじみと考えてしまいました。これまでレンジを使ってきた40年以上の人生って、いったいなんだったんでしょうか。何百回、何千回とレンジでチンした、微妙に乾燥したご飯を食べてきたのはいったい……文明の進歩っていったい何？

っていうより、もしや、非常に損をしていたんじゃ……。

便利ってなんだったのか

ここまで来れば、②の豆腐の水切りなどまったく問題じゃありません。レンジで加熱して水切りすると確かに早い。でもレンジがないなら、ちょっと時間をかけて皿の間に挟んでおけばよい。時間がなければ皿を重くするか、上からギューギュー押せばなんとかなる。

というわけで、フォースを手にしたジェダイを前にしては、いったん電源を抜いた電子レンジはなんと二度とプラグを差し込むことはないままアッという間にただの箱と化したのです。で、いよいよ「捨てる」ということに相成りまして、やはり粗大ゴミの指定日に道路脇にえっちらおっちら運び出されまして、そして、レンジなき後の我が台所は、いやいやいや本当に……。

ひろーーーーーーい！

我が家に、そして私の心にも、新たな風が吹き込むようでありました。

なんか私、ちょっと自分の足で世の中に立ったような。

それは、掃除機を捨てた時と同じ感覚でした。自分の中に、そう、何をやっても思うようにいかぬまま中年となり、ああ私の人生ってこんなもんで終わっていくのかと寂しく思っていたこの自分の中に、まだまだ眠っていた力があったのです。

すなわちこれまでほとんど使ってこなかった我が脳みその機能、すなわち「工夫する」っていうサビつきまくった機能。それがギシギシと音を立てて動き始めた。

っていうか、実を言えばそんな機能があったことすら何十年も忘れきっていたのです。そしてそれは、なんでもかんでもお金やモノで解決しようとしていたら永遠に気づかなかった力に違いないのです。

自分の目で見て、自分の頭で考えて、自分の手足でやってみるということ。もしやそのことを、今の世の中は「不便」と呼んでいるんじゃないだろうか。

だとすれば、不便って「生きる」ってことです。

だとすれば、便利ってもしや「死んでる」ってことだったのかもしれない。

電子レンジ＝実は時計？

3

嫌いなものが好きになる

（暑さ、寒さとの全面対決）

暑さも寒さも人生だ

節電と言えば、避けて通れないテーマが「暑さ、寒さをどうするか」ということだ。これは、他の家電製品とは一線を画すテーマであろう。すなわち、掃除機だの電子レンジだのは「便利」のために生まれた製品だ。なければ不便だが、言ってしまえば所詮はそれだけのこと。病気になったり死んだりするわけじゃない。

だがエアコンや暖房器具は違う。人間の快不快を調整する手段であり、場合によっては健康や生命にも直結する道具と言ってもいい。特に最近は「無理をすると熱中症になる」と、エアコンの「使い控え」を諫《いさ》める声が大きくなっている。「エアコン＝命綱」という認識が当たり前になりつつある。

なので、私の節電生活を知っている人の多くが、「今年は猛暑」のニュースが流れるたびに「大丈夫？」「くれぐれも無理しないで」と真面目に心配をしてくださる。誠にありがたいことである。

だが私、この問題はもう完全に卒業してしまった。

はっきり言おう。心配無用である。エアコンも暖房器具も使わなくなって6年。もはや暑さ、寒さを「辛い」と感じること自体がほとんどなくなった。体調が悪くなったこともない。それよりも何よりも、我ながらすごく妙なことだけれど、冷暖房をやめたらむしろ暑さも寒さも好きになったのである。もはや人生に欠かせぬスパイスのような存在と言ってもいいほどだ。

だが、以前はまったくそうではなかった。特に寒がりだから、冬の厳しさは「憎んでいた」とも言っていい。

それがなぜ、こんなことになったのか。

楽勝の夏に節電をナメる

そもそも節電というと「エアコン」が槍玉にあがるのは、エアコンの電力消費量が大きいからである。資源エネルギー庁によると、夏の日中に消費される家庭内の消費電力のうち実に58%がエアコンによるものだという（2013年）。

だから原発事故の後に全国で原発が次々と止まって電力不足に陥った時、多くの人が取り組んだのが、夏のエアコン使用を控えることであった。

改めて考えるとこれはすごいことだ。ちなみに震災の年は梅雨明けが早く、6月下旬から全国各地で猛暑日が相次ぐ過酷な夏であった。そんな中、便利・快適に慣れきった日本人の少なからぬ人々が、誰に強制されたわけでもないのにこれを自ら黙々と実行したことを過小評価するべきではないと思う。しかもそれは「自分のため」ではなく「他の誰かのため」だったのだ。自分が不快であることを受け入れてでも、原発のない夏を皆で協力して乗り切るんだという義侠心と覚悟。そんな心を多くの人が当たり前に持っているのである。

「日本すごい」っていうのは、こういうことに対していうことなんじゃないかな。

だが、私にとって夏の節電は決して「すごい」ことではなかった。楽勝だったと言ってもいい。

冷え体質のせいか、もともと暑さには強い。むしろ冷房が苦手なのである。あの突き刺すような冷房の冷気は独特の厳しさがある。そもそも日本の空調は、ネクタイを締めた暑がりの男性サラリーマンを想定しているのではないだろうか？　冷房がガンガンに効いた電車や映画館で、「ここはシベリアか！」「息が白いよ！」と叫びたくなることが何度もあった。

なので、震災後に公共施設などが「節電のため」に冷房の温度設定を上げたことは、願ってもない出来事だった。世の中って温度が少し変わるだけでこんなに過ごしやすかったのかと、大げさでなく真面目に感動した。同時に「今までの過剰冷房はありゃいったいなんだったんだ！」と、嬉しいやら腹立たしいやらの夏であった。

だから、自宅でエアコンを使わないことなどまったく苦にならなかった。そもそも平日の昼は会社へ行くのだし、休日もあまりに暑ければ近所のカフェで涼を取ればよいのである。おかげですっかりカフェの常連になり、親しくなった店主のお兄さんから「これ、よかったら」とケーキをご馳走になったりした。誠に良いことばかりの夏であった。

というわけで、我慢をしたという実感すらなかった。

キイテナイヨー、冬の節電

ところがである。楽勝の夏を終え、余裕で秋を迎えたその時、衝撃的な新聞記事を見てしまったのだ。各電力会社が今度は「冬の節電」を呼びかけているのだという。

な、なんですと？

あわてて記事を読むと、夏と比べれば少し落ちるとはいえ、冬の消費電力も非常に大きいというのだ。夏は昼間にピークがくるが、冬は夕方から夜にかけてじわじわと台形状に消費電力が上がる。なので冬も節電をしないと原発なしでは乗り切れないという。

えーっ、聞いてないよー！

だが胸に手を当ててよくよく考えてみると、確かに思い当たるフシがある。

我が家ではエアコンは冬もほとんど使わない。部屋の空気全体を温めるのはエネルギーの無駄遣いというイメージがあったからだ。なので、もっぱらコタツとホットカーペットで寒さをしのいでいた。いわゆる「局所暖房」というやつである。

しかし、いくら局所といったって、思い返せばかなり長時間つけっぱなしであった。シーズンに数回エアコンを使用するのみだった夏の暑さ対策に比べると、確かに冬の寒さ対策のほうが明らかに電気を使っているじゃないの私！

と、いうことは……「個人的脱原発計画」を貫徹するには、ま、まさか、コタツもホットカーペットもなしで冬を越さなければいけないということなのでしょうか。

し、しんじゃいます！

私は寒さがダメだ。

冷え性のせいだろうか。子供の頃は、冬になると手足に必ず「しもやけ」ができた。いわゆる軽い凍傷である。自力で体温を維持する能力が体質的に低いのであろう。ちょっと寒いだけでも全身が冷え切ってしまう。

加えて、当時住んでいた神戸の六甲山中にある我が家はとても寒かった。

それまでの冬も、エアコンを使わないことだけでもかなりの我慢をしてきたのだ。確かにコタツに入れば足は温かいが、腰や手や首や顔がキンキンに冷えてくる。なので体はどんどんどんどんコタツの中にもぐっていき、首まで入ったところでアー極楽！　となる。当然のことながらそのまま眠りにつく。ホットカーペットもしかり。確かにカーペットに触れている「接地面」は暖かいが他は寒いのだ。すると、どうしたって接地面積を増やそうとするのが人情である。つまりはカーペットの上に横たわって毛布をかぶる。で、もちろん眠りにつく。

そして、いずれも体が痛くなって目が覚めるという失敗を無限に繰り返してきた。

つまりは、局所暖房というだけでもなかなかに無理があったのだ。しかしそうであっても、かろうじてこの2つの命綱があればこそ私は冬を生き延びてこられたのである。

あ、それから忘れちゃいけない電気毛布！「寝る時に寒い」というのは、もう人生の様々な荒波の中でも最大の不幸のビッグウェーブではなかろうか。冷たい布団の中で冷たい体を丸く小さくして、なけなしの体温で布団の中が温まるのを待つ時間は拷問に匹敵するのではないかと思う。しかし電気毛布さえあれば！　どんなに部屋が寒かろうが布団に入った瞬間にヌックヌク！　心も体も緩み、安心して眠りにつくことができる。

で……。

こ、このすべてを手放せと？

そ、それは……。

いったいどうやって寒い冬を生きていけと？

新聞記事を読みながら、文字通り「ガーーーン」という音が頭の中に響いたのであった。

空気を暖めるな！　自分を温めよ！

しかしですね、案外と問題はあっさり解決したのである。

秘密兵器は「湯たんぽ」だ。

いや、別に秘密というわけじゃない。ネットで「冬の節電」と検索したら、湯たんぽを使えと。そうしたらこれがもう驚いたのなんのって。これほど素晴らしい暖房器具がこの世に存在したことを知らなかったことのほうが衝撃であった。

ちなみに私が買ったのは、「無印良品」の「中サイズ」のプラスチック湯たんぽである。同じ無印良品のカバーと合わせても1500円程度の投資。

使い方も実にシンプルだ。湯たんぽを太ももの上にのせ、その上からウールの毛布で下半身を覆う。太ももにのせるのは、太ももの筋肉が人の体の中で最も大きいからだ。大きな筋肉を温めることで効率的に体全体が温まるのである（↑ネットの受け売り）。うん、確かにこれで十二分に温かいじゃないの。

あれ？　これって、何かと似ている……。

そう、コタツじゃん！

しかも、コタツは移動できないのでいったん入ったらよほどの決意をせぬ限り動けなくなり最後には寝てしまうのに対し、湯たんぽは移動し放題である。

これはもう、「移動コタツ」と認定できる。進化したコタツである。

もちろん、腰から下以外の場所は冷たい。しかし考えてみれば、そこは厚着をすればよいのである。セーターを重ね、首が冷えないようマフラーをした。なにも家の中でマフラーをしてはいけないという法律があるわけじゃない。足が冷たい時は、足の裏にミニカイロを貼って分厚いソックスカバーを履くことにした。手の冷たさも気になったので指なしの手袋もはめてみた。さらに寒い日は背中の真ん中にカイロを貼りつけた。

完璧であった。なるほど。要は、部屋が寒くたって自分が温かければよいのだ。

空気を暖めるな！

自分を温めよ！

いや～、そんな格言まで浮かんできちゃいましたよ。

さらに湯たんぽの優秀さはこれだけじゃないのであった。電気毛布問題も解決したのである。あらかじめ布団の腰の位置に湯たんぽを入れておき、布団に入る時足の位置まで移動させる。これで足も腰も温かい。完璧だ。「足腰」とはよく言ったもので、人間、足と腰が温かければ大丈夫なのだ。

しかも、中の湯は朝になってもほんのり温かい。これで顔を洗うことにした。冷え切った顔を温かい湯でくるりと洗うのは、厳しい寒さと隣り合わせで過ごす日々においては実にホッとする瞬間であった。

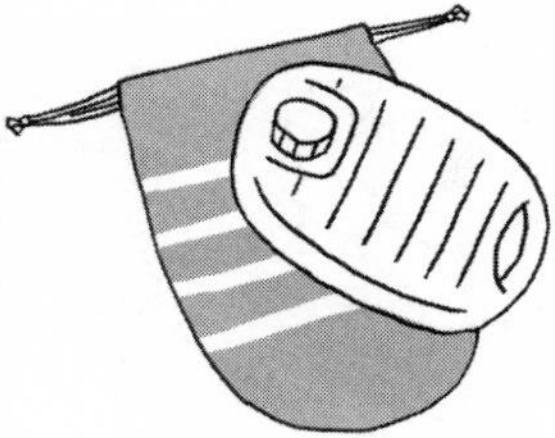

思い余って火鉢を導入

とはいえ、やはり中サイズの湯たんぽ一個だけでは強大な冬に立ち向かうには心細いものがあった。

他にも何か対抗手段は……と、導入したのが「火鉢」である。

母に頼んで、物入れとして使われていた実家の古い火鉢を宅配便で送ってもらった。

ネットショップで灰と五徳と火箸と灰ならしとクヌギの炭と、火おこし用の鉄鍋を購入する。どれもなかなかの値段であった。

こうして、我が火鉢ライフが細々とスタートしたのである。

そして……いやーもうびっくり仰天！

まったく暖かくないんだこれが！

いやもう大変なんですよ火鉢に火をおこすのって。

専用の鉄鍋に炭を入れて台所のガスコンロにかけ、炭が中まで赤く燃えるのを待つ。それを間違っても床の上に落としたりしないよう気をつけながら、そおっと火鉢へと運ぶ。

そしてさらにここからが難しい。

うまく炭を並べることができれば火力も強くなるし、後から投入した炭にもうまいこと火がつくんだが、炭は次々と燃え崩れていくのでしょっちゅう位置を変えてやらねばならない。つきっきりで世話をせねばならないのである。

で、ここまで頑張って、部屋が少しでも暖かくなるかというと、これがもうまったくなんの影響も及ぼさないのだ！

炭の上に手をかざすと、確かにその手は実に温かい。遠赤外線効果というらしいが、その温かさは表面をなぜるようなエアコンの「薄ら寒い暖かさ」とはまったく別物である。骨から温まるような、まさに「芯から温まる」とはこのことである。

とはいえですね、あくまでもこれは、炭の上にかざした手だけのことなのである。それ以外の、顔だの首だの肩だの背中だの腰だのお尻だの足だの……要するに震える体の大部分は寒いままなのだ。

さらに、火鉢グッズを購入したネットショップの注意書きによると、一時間に数回は部屋を換気せよと書いてある。一酸化炭素中毒防止のためだ。なぬ？　ここまで暖かくないのに、さらに換気をしろですと？しかしよく読むと、そのような浅い考えをはるかに超えることが書いてあったのだった。

「火鉢はもともと空気を暖めないので外気を入れても寒くなることはありません」

「むしろ新鮮な空気を入れることで炭がよく燃えるので暖かくなります」

……うーん、すごい理屈だ(笑)。私のまったく知らなかった世界である。

もうこうなれば失うものはない。私は毅然としてすっくと立ち、極寒の我が家の窓を広く開け放った。

いやー、確かにまったく寒くもなんともない！

っていうか、要するに我が家の気温は外気と変わらなかったというだけのことである。

そして確かに、やや頼りなく燃えていた炭の赤味が、わずかにメラッと燃え上がったのであった。しかしだからといって、注意書きにあったような「暖かくなる」というほどのことが起きたかどうかは微妙すぎてまったくわからない。

しかしこの時、私の心は確かにメラッと燃え上がったのである。

いやー……面白い！

っていうか、バカバカしい！

何をやってるんだろね私！

いやいや、これほど高度な遊びがあるであろうか。圧倒的な寒さの中で、さらに寒い外気を取り入れて、ほんのわずかな暖かさを必死で感じ取ろうとする中年女。

それから私、火鉢遊びが完全に趣味となったのでありました。

この遊びの条件はただ一つ。それは……寒いこと！　寒ければ寒いほど面白いのである。

最も素晴らしいのは厳冬期の朝だ。

朝起きると、我が山中のマンションの部屋は息が白いほどに寒い。そんな心細さの中で、悪戦苦闘の挙げ句に小さな鉢の中でそっと炭が瞬き始める。その瞬間、気温は変わらずとも私の心の中は確実に変わるのだ。

私には味方がいる。私は一人じゃない。圧倒的な寒さと、そしてここまでかかる無意味に長い時間がなければ、このほんのわずかな希望を「嬉しい」と思うことはできない。


冬はつとめて。


これは、誰もが学校で習う清少納言の名著「枕草子」の冒頭の一節である。「つとめて」とは早朝のことだ。とても寒い時に、火を急いでおこして炭を運んでいくことがたいそう冬にふさわしくて良いものだと、平安時代の歌人はしみじみと書き綴っているのである。

だがその本当の意味を実感したことのある人間が、この現代日本に果たしてどれほどいるであろうか?

私はただ一人、神戸のマンションの一室で時空を超えたのだ。

冬はつとめて。

生き延びたどー！

かくして、電気による冷房も暖房もなしの1年がなんとかかんとか過ぎたのであった。

心配し緊張しまくって迎えた冬も、意外にも死ぬような目にあうこともなく、いやそれどころか湯たんぽやら火鉢やらニューアイテム（っていうかオールドアイテムだけど）の導入で、驚いたり感心したりしながらそれなりに楽しく過ごしたのである。

そしてそして、厳しい寒さが少しずつ緩んできた時の、まったくもってあの心の底から湧き上がるような喜びというかなんというか！　いや喜びなんてもんじゃないな。私は本当に心からホッとしたのである。

自然が循環するということをこれほどありがたいと思ったことはない。

どんな厳しい寒さも永遠には続かないのだ。そうしてやってくるのが「春」である。

半世紀近く生きてきて、私は初めて春というものを知ったのかもしれない。春とは単なるホンワカとした季節だと思っていたがそんなもんじゃなかった。春とは冬の終わりである。何かを乗り越えたというしるしであり、耐えたものに与えられる天からのプレゼントである。

それは、生き延びた、という感覚であった。大げさに言えば、エベレストに挑戦した登山家がベースキャンプに戻ってきたような感覚とでも言おうか。我々は都会のマンションで普通に暮らしながらにして、ヒマラヤ登山家のような体験ができるのである。そう、気の持ちようによっては。

人生とは至る所に素晴らしい冒険のタネが潜んでいるのだ。

私だけに見える極楽

そして、私はただ冒険を生き延びただけではなかった。いざ冒険をくぐり抜けてみたら、思いもよらぬ出来事が待っていたのである。

私は冷暖房を放棄して以来、次第に、厳しい夏と冬が、そう、あの眠れないような酷暑や、気力を奪うような身もふたもない極寒が、なんだか平気になってきたのだ。

例えば、あれから何度も「超猛暑」とでもいうべき暑い夏があった。外を歩けばすべての人が顔をしかめ、噴き出す汗をせわしなくハンカチで拭い、全身これうんざりといった表情で足早に目的地へと向かっている。

その中でふと気づけば、私一人「涼しい顔」なのである。汗もほとんどかかない。ただ暑さの中を、落ち着いて心静かに、スーッと歩いているのである。

しかしこれってちょっと変じゃないですかね？

だって私の夏と冬は、それまでと比べてずーっとずーっと厳しくなったのだ。だって冷暖房をやめてしまったんだから。

なんとも狐につままれたような思いでいたある日、その謎は突然、解けた。

8月のある日、私は京都にいた。午前中の用を済ませ、慌てて帰る必要もなかったので、そうだ、少し夏の京都を散策しようと思い立つ。

だが真昼の京都の中心街は地獄の暑さであった。殺人光線のような熱射ビームが肌にビシビシと突き刺さってくる。そして夏の京都特有のじっとりとした空気はちっとも移動しようとしない。風がそよとも吹かないのである。

さすがに耐えかねて、そうだ近くに大きなお寺があったはずだと思い出し、目的地とすることにした。建仁寺。祇園の近くに建つ名刹である。

靴を脱ぎ、建物の中に入った瞬間、私は心底びっくりしてしまった。

す、涼しい〜〜！

いやー、日本建築恐るべし！

窓ガラスのない重厚な木の建物は、冷房なんてないのに、足を踏み入れただけでも圧倒的に涼しいのである。それだけじゃない。そこらじゅうに「ざーっ」という勢いで風が流れている。さっきまでの街中のあの無風状態が嘘のようだ。

昔の人は自然を知り尽くし、余すところなくその恵みを取り入れる建築術を持っていたのだなあと心から感心する。

そして、建物の中の場所によって風の吹き方はどんどん変わる。

私は力強い風の流れを求めてあちこちと動き回った。そうして見つけたのが、日陰になった広い縁側である。目の前には大きな庭。ここがベストな涼しい空間であった。

私はその縁側にどっかりと腰を下ろし、今日は時間の許す限りここにいようと決めこんだ。

ぼーっと座っていると、次々と観光客が私の横を通り過ぎていく。

何しろここは建物の中でも一番の特等席だ。みんなよかったね、外は暑いよね、ここは最高だよね、どうですかここに陣取った私がうらやましいでしょう……という思いで通り過ぎる人々をニコニコと眺めていた私は、しばらくして妙なことに気づいた。

誰一人として、「涼しい」という感想を漏らす人がいない。

いや声に出さなくたっていいんですよ。でも人は「涼しい」と感じた時、それは必ず顔に表れるものじゃありませんか。思わず頬が緩むとか、わずかに目を細めるとか。

しかしそんな変化は誰の顔にも訪れていなかった。

それどころか、ほとんどの人がうちわやら扇子やらハンカチやらでせわしなくパタパタと顔をあおぎ、なけなしの風を必死に送っているのである。「アツ、アツ」と念仏のように呟き続けるおじさまもいる。っていうかそういうおじさまが圧倒的多数だったのである。

えーっ、皆さん、涼しくないんですか？　っていうかめちゃめちゃ涼しいじゃない

ですかここ！　どうしてわからないかなこの涼しさが？

ここまで考えて、私はある事実を認めざるをえなかった。「おかしい」のは私のほうだということだ。私だけが、何か違う感覚を持っているのである。

その原因は一つしかない。

私は冷暖房を使っていないということだ。

受け入れがたい相手を受け入れる

冷暖房を使っていると、暑さ、寒さはただただ撃退すべき敵となる。暑いなー。ピッ。寒いなー。ピッ……。不快さはボタン一つで解消である。敵はたちまち消失し、その後には均質な安定した平安の世界が訪れる。

しかし冷暖房をやめるとそうはいかない。何しろ暑かろうが寒かろうが、対抗手段がないのである。となれば、相手が「不快」だの「敵」だのと考えるだけ虚《むな》しい。不快であると100万回抗議したところで何にもならないのだから、さっさと諦めるしかない。

つまり、「暑いなあ」とは思う。しかしジャッジはしない。暑い。以上。それが何か？

つまりはどんなにひどい暑さであってもいったんは受け入れるしかないのだ。


そして受け入れがたい相手を受け入れなければならない時、それが人であれ、モノであれなんであれ、人の取りうる手段はおそらく一つしかない。

それは、相手をよく見ることだ。

そうしてよくよく見てみれば、嫌いだ、敵だと一方的に決めつけていた相手の中に、わずかでも「良いところ」「マシなところ」が見えてくる。そうなれば、たとえわずかずつでも相手を受け入れる気持ちを作ることができる。


で、ひどい暑さの中にも「良いところ」なんてあるのだろうか？

これがあったんですよ！

よくよく見れば、暑さはいっときもじっとしていない。木陰に入る。空気が動く。わずかに開いたビルのドアから中の冷気が漏れ出てくる……。そこには確かに密やかな「涼しさ」がある。べったりと一色に塗りつぶされたように見えた暑さの中にも実は無限の色があり、わずかな変化を繰り返し続けているのである。

私は冷暖房をやめたことで、知らず知らずのうちに、そのわずかな変化を絶えず探し続けていたのではないだろうか。そして、瞬間の涼しさを見つけては小さな喜びを感じるという訓練を積んできたのではないだろうか。

だからこそ、京都のお寺は、私にとってはとてつもなく涼しい空間だったのである。でも冷暖房に頼っていると、暑さはただ「暑さ」として、のっぺらぼうな撃退すべき敵と認定されてしまう。そのことに慣れきってしまうと、そんなわずかな揺れには誰も気づこうとしないし、興味もなくしてしまう。

それは果たして豊かな世界なのだろうか。

かくして、私には嫌いな季節も苦手な季節もなくなったのであった。

酷暑の東京のビル街の中を、汗もかかず、ただ静かにニコニコと歩いているアフロがいたらそれは間違いなく私だ。その時私は間違いなく涼しいと感じているのである。

これは何かの悟りなのであろうか。いつか、暑さ寒さだけでなく人も動物も虫も植物もすべてを受け入れられる時が来るのであろうか。

ほとんど仙人の領域に入る

ついでに言えば、この6年の間に、私はある能力を身につけた。というか、知らぬ間に身についていた。

それは、気象庁の発表によらずとも、自ら「梅雨明け」のその日を察知する能力である。まあ数日後には発表されるわけだし、なんの役にも立たぬ能力だが、それでもこれは本当のことなのだ。

朝、家を出て歩き出すと、昨日まで重かった空気の粘り気のようなものが、明らかに軽くなっていることに気づく。空を見上げると、天井が抜けたような突き抜け感がある。あ、梅雨が明けたんだなと思う。すると数日後、ニュースで「気象庁は○○地方が○日に梅雨明けしたと見られる、と発表しました」と流れてくるというわけだ。

梅雨明けだけではない。

8月のものすご〜く暑い日にふと「あ、秋が来たな」と思う時がある。圧倒的な勢力を誇っていた暑さの中に、ほんのほんのわずかだけれど秋が忍び寄っていることに気づくのだ。それは、そこはかとない空気の変化であったり、虫の声であったり、あるいは雲の様子であったりする。あれほど傍若無人に振る舞っていた夏もついに負け始める時が来たんだなあと思うと少し切なくなるのである。

そして2月のめちゃくちゃ寒い日に「あ、春が来たな」と思う。厳しいけれどこのうえなく清潔な冬の空気の中に、ほんの少し、あの騒がしい春の気配が感じられるのだ。それは寒がりの私には嬉しいしるしに違いないのだが、やはり物悲しくもあるのである。

しかしこうなってくると、もはや仙人の領域ではないだろうか。しかしもちろん私はただの凡人だ。だとすれば冷暖房のない古《いにしえ》の人たちはおそらく皆、仙人の領域にいたのである。住民皆仙人。それはどんな社会だったのかしら。

でね、近頃、「最近の日本の天候はおかしい」「季節が夏と冬だけの両極端になって、春や秋がなくなった」とか言う人が多いけれど、いやいやいやそんなことないよと仙人は思うのだ。もしかすると客観的なデータとしてそういう数字が出ているのかもしれないが、それにしても、春も秋もちゃんと存在してますよ。

冬が終わったら、夏が来るまで春である。夏が終わったら、冬が来るまで秋である。それは、行ったり来たりしながら少しずつ変化する移行の季節なのだ。暑さ寒さと正面から立ち向かい、その一つ一つの行ったり来たりを一喜一憂しながら味わっていると、それは本当に味わい深い変化の季節なのである。

ちょっと暑いから、ちょっと寒いからとエアコンのスイッチを入れているあなた。もしかするとあなた自身が、自分の身の回りからこの素晴らしい変化を排除し、春と秋を消し去っているのかもしれませんぜ、っていうか、絶対消し去ってるよ、それでもいいんですかというのが仙人のお告げであります。

4

冷蔵庫を
なくすという
革命

（たいしたことない自分に気づく）

我々の消化器は冷蔵庫と直結している

もうそれは、「革命」としか言いようのない出来事であった。

冷蔵庫を、やめる。

生まれてこのかた、そんなことは考えたこともなかった。

あ、もちろん冷蔵庫だけじゃなくて、掃除機も炊飯器も電子レンジもその他多くの家電製品はすべて、やめるなんて考えたことはなかった。

だって便利だから。その便利をわざわざ手放す理由がワカランというわけだ。しかも、もともと持っているものである。仮に「なくてもやっていけるかも……」と考えたとしても、わざわざ捨てるまでのことはなかろうと考えるのが現代人のサガである。

しかし私は、原発事故というショックに背中を押され、そのサガを一つ一つ超えた。

最初は恐る恐る。だが途中からやめられなくなった。

それは、あれほど「なければやっていけない」と信じていた家電が、「なくてもやっていける」どころか、「ないほうがむしろ楽」「面白い」「意外に豊か」という驚きの事実が次々と明らかになったからだ。掃除機をやめたら掃除が好きになった。電子レンジをやめたらご飯が美味しくなった。冷暖房をやめたら暑さも寒さも友達のごとき存在になった。それは嘘のような本当のことであった。それまで「良いこと」としか思ってこなかった「便利」ということが、なんだか怪しく見えてきたのである。

我々は便利を手に入れたと思っていたけれど、本当にそうだったのか。どうも物事には両面があるらしい。確かに何かを得た。しかし一方で、同じくらい何かを失っていたのではなかったか。

しかしですね、そうは言ってもそれまで私が手放してきた「便利」はすべて、オプション的な「便利」である。

つまりは「あれば便利だよね」というものだ。仮に掃除機を捨てて掃除がえらく大変になったとしても、究極を言えば死ぬわけじゃない。炊飯器も電子レンジも然りである。いろいろと工夫しなければならなかったり、体を動かさねばならなかったり、つまりは「面倒くさい」ことが発生するとしても、しつこいようだが死ぬわけじゃない。エアコンとなるとちょっとハードルが高くなるが、うちわとか湯たんぽとか他の手段を動員すれば、しのぐことは可能である。

しかし冷蔵庫となると話は違ってくる。

食べるということは、生きるということだ。冷蔵庫とは現代人にとって、生きるために欠かせぬインフラなのである。いわば生命そのものと言っても過言ではない。我々の消化器は冷蔵庫と直結していると言ってもいい。

したがってさすがの私とて、それを手放す、つまりは生命の一部を手放すとは考えたこともなかった。

しかし、私はそのまさかの行為に手を染めたのである。

そして、そのことが私の人生に与えた衝撃はもう例えようもなく大きかった。それはどんな偉大な書物や恩師をも超えた教訓をもたらした。そしてその教訓とは、この困難な時代を前を向いて朗らかに生きていくための絶大なるヒントであった。

それは宗教とか革命とかに近いことであったかもしれない。

……いやいや、つい話が壮大な方向に行ってしまった。しかしそう「ふかしたくなる」ほどに、それはあまりにも大きな出来事だったのだ。

しかしてこの偉大なるプロジェクトは、実にくだらない「失敗」からスタートしたのである。

オール電化マンションの衝撃

始まりは、あの東日本大震災から3年目の夏のこと。

私は長年勤めた大阪本社から東京本社へと異動になり、都内へと引っ越すことになった。あれこれと物件を見て回り、家賃は高かったが眺めの良さが気に入って、窓の大きな高級マンションに住むことを決めた。せっかくの東京ライフ。節電も順調にいっていることだし、住むところくらい人生で一度くらいは分不相応にリッチなシティライフを楽しんでみたっていいじゃないのと思ったのである。

引越し直前。電気・ガス・水道の、いわゆる「ライフライン」の停止と契約の手続きをとった。出て行く神戸の家の契約は止めてもらい、新しく住む家で新たな契約を結ぶ。一通りの連絡を終えてホッとしていると、東京ガスから電話がかかってきた。

「あの、お客様の新しく住まわれるマンションではガス契約がないようなんですが」

なんのことを言っているのか、意味がわからなかった。

ガス契約が、ない？　いやいやいや、あるとかないとかいうことじゃなくて、契約を結ばないと料理も作れないし、風呂も入れないじゃないですか。日々の暮らしのことなんで、そういうことでは困っちゃうんですが。

すると電話口のお姉さん、困惑した口調で、しかしこうきっぱりとおっしゃるのであった。「マンションそのものが、ガスの契約をしない設計になっておられるようでして……」。

ここまで言われて、さすがの私もピンと来たのである。

それはもしかして……ま、まさかの「オール電化」ってヤツでしょうか？

確かに物件を見に行った時、台所にはガスコンロではなくＩＨクッキングヒーターが備えつけてあった。節電家としては「ちっ」という思いはあったのだが、まあそこには目をつぶって総合的な観点からこのマンションに決めたのである。しかしまさか、それだけの問題じゃなかったとは！

果たしていざ引っ越してみると、やっぱり！　玄関の脇に「電気温水器」という名の巨大なマシンが鎮座しているではないか。クッキングヒーターどころの騒ぎではなかった。まさかの風呂までも電気で沸かすマンションだったのである！

ま、まさかの
「オール電化」

いやいやイナガキ一生の不覚！　震災以降、あれこれと涙ぐましい工夫を重ねてついに電気代が７００円台というところまでこぎつけたのはいったいなんだったのか！

「便利」と「お得」の大きな代償

もはや手遅れとはいえ慌てて調べてみると、次々と驚きの事実が浮かび上がってきた。

オール電化住宅は１９８０年代の後半から売り出された。人口増や世帯増が頭打ちとなり、電力会社とガス会社が限られたパイを巡って熾烈な競争を繰り広げる中、電力会社がシェア拡大の切り札として打ち出したのがこの新しい住宅である。

それまでガスが担ってきた「調理」と「湯沸かし」を共に電気が担うことで、住宅そのものからガスが存在する余地を追い出したのだ。いったん追い出してしまえば、そのアドバンテージは大きい。住人は大量の電気なしに生きていくことはできなくなるのだから。安定した顧客の誕生である。

売り文句は「火を使わないので安全」「ガスコンロがなくなるので掃除がしやす

い」「CO_2が出ないのでクリーン」「ガスの基本料金がいらないのでお得」などなど。これが正しいかどうかは別として、間違いないのは「ガスの基本料金がいらない」ということである。確かに電気料金とガス料金の両方を支払うことを考えると、「お得」になる可能性も高い。

しかしそこにはカラクリがあった。

オール電化住宅の電気料金がそれほど高くならないのは、午後11時から午前7時までの「夜間電力」が激安に設定されているからだ。最も莫大な電力を消費するのが「湯沸かし」なのだが、これを自動的に激安の深夜電力で行うよう設定されているのである。

深夜のうちにまとめて湯を沸かし、それを昼の間タンクに入れて保管しておき、夕方から夜にかけて風呂に入る。夜中にいったん沸かした湯を次の夜まで取っておくのだから、エネルギー効率から言えば大いに矛盾した仕組みと言えよう。

それなのになぜこのようなことが行われたかと言えば、それは原発の存在を抜きにしては語れない。

原発は安定した電源と言われるが、それはいったん発電を始めると、常に一定の電力を発電し続けるからだ。安定しているとも言えるが、融通が利かないとも言える。人が活動を止め、したがって電力需要もぐっと減る夜中の時間帯も、原発は律儀にせっせと発電を続けるのである。電気をためておくことができればいいのだが現代の技術ではそれも難しく、誰も使わない電気は捨てるしかない。

この、どうせ捨てられてしまう電気を使ってもらおうというのが電気温水器の発想である。ついでにライバルであるガス会社を出し抜くことができるのだから一石二鳥というわけだ。

だが原発事故で、事態は一変した。

全国の原発は次々と止まり、ついには稼働率ゼロになった。深夜電力を激安にする根拠は薄まり、しかしいったんはそれを売り文句にオール電化住宅なるものを売り出してしまったから今さら割引をなくすこともできず、なんだかおかしなことになってきたのである。

いずれにせよはっきりしたことは、いったんオール電化住宅に住んでしまうと、電気代値上げの直撃を受けるということだ。

震災後、全国の電力会社は原発が止まっていることを理由に電気代を次々と値上げした。しかし電気を使わなければ風呂にも入れないし料理もできないのだとすれば、否も応もなく高い電気代を払うしかないのである。

それが嫌なら原発の再稼働を願うしかない。この世は実にこんがらがっている。ただただ便利な暮らしを求めただけなのに、いつの間にか何か大きなものにからめ取られて身動きが取れなくなっていたりする。

いったい何が悪かったのだろうか？

オール電化住宅における節電

で、私がうっかり住んでしまったオール電化マンションである。

まず腹立たしいのは、オール電化の場合、もう強制的に基本料金が高いのだ。な、な、なんと約１３００円！　これだけで、これまで私が血のにじむ思いで必死で削りこんできた電気代の倍近いじゃないの！

腹立たしいことはまだある。深夜電力は確かに安い。しかし、それ以外の電気料金はむしろ通常より高く設定されているのだ。なぜに？　なんか変じゃないですかね。

さらにダメ押し。なんと引越しで持参した自慢の高級アルミ鍋はＩＨクッキングヒーターでは使えないことが判明！　わざわざＩＨ対応の鍋を買うはめに！

もう私は本格的に腹が立ってきた。そしてメラメラと闘争心が湧いてきたのである。このようないびつな住宅こそ、目先の「お得」「便利」に踊らされ、その裏で犠牲になっているものたちにつゆほども注意を払ってこなかった私の自画像である。断じて、ここで節電を諦めることはできない。

……と鼻息荒く決断したのはいいのだが、これがまさに言うは易く、行うは難し。努力に努力を重ねたのだが、月の電気代が、どうしても、どうしても３０００円を切ることができないのである。

私がこの時点で所有していた家電製品は、すでにごくわずかなものであった。

テレビ
冷蔵庫

洗濯機
フードプロセッサー
ドライヤー
アイロン
電灯
CDプレーヤー

このうち、フードプロセッサー、ドライヤー、アイロンは、この家で暮らしている間は使わないことに決めた。シャンプーは朝5時にすれば自然乾燥で間に合うし、フードプロセッサーはなくとも包丁でみじん切りすればよいのだ。そしてアイロンなど使わずとも多少ハンカチや服がクシャクシャしてたって構わないと思うことにした。

さらに電灯はすべてLEDに変えた。

そのうえで、多くのことを深夜電力で賄うよう、ご飯作りは早朝か深夜に済ませることにした。そして一番電気を食う「悪の親玉」、すなわちマンション備えつけの電気温水器は、お湯を使う時以外はこまめにブレーカーを落とすことにした（この件については次章に詳しく書く）。

これはもう、オール電化に振り回されているとしか思えぬ暮らしぶりである。

しかしそうまでしても3000円が限界なのであった。これ以上はどうしても電気の使用を切り詰めることができない。


そしてふと気がつけば、私の目はとある大きな箱をじっと見つめているのである。

もはやターゲットはもう「あれ」しかなかった。

そう。冷蔵庫である。

冷蔵庫の電源を抜く。生まれてこのかた想像したこともない一歩をついに踏み出してしまったのである。

ついに冷蔵庫の電源を抜く

だが私にはそれなりの勝算があった。

思い立ったのは冬であった。冬に背中を押されたのだ。

エアコンを使わぬ我が家は寒い。つまりは家の中そのものが冷蔵庫のようなものだ。そう考えれば電源を抜いたとて大きな影響は出ないはずである。暖房ゼロ生活をこれほど誇らしく思ったことはない。

それにしても、季節とはなんと偉大なものであることか！　私が以前あれほど忌み嫌っていた「寒さ」とは、見方を変えれば大きな資源だったのだ。

で、いよいよドキドキしながらプラグを抜く。

我がフェイスブックの投稿記録によると2014年12月3日。「わが人生において記念すべき日。生まれて初めて冷蔵庫の電源を切ってみた」とある。

目の前に出現したのは、ただ巨大なだけのプラスチックの箱であった。

しばらくしてドアを開けると、冷気の供給を断たれた密閉空間はドヨーンとした空気がこもり、カビ臭いような妙な匂いがした。密閉されているということは効率的に冷やすには必須の条件だが、冷やすことをやめればたちまち欠点と化すのである。外のほうがよほど空気がひんやりとしている。

目の前に出現したのは、
ただ巨大なだけのプラスチックの箱であった。

すぐに、おかずと野菜、つまりナマモノは取り出した。日の当たらないベランダに小さなベンチを置き、その上におかずのタッパーを並べ、日が当たらぬように新聞紙をかけた。野菜はザルの上に並べて干しながら保管することにした。

うん。なかなか可愛いじゃないの。「道の駅」の野菜売り場みたいだ。

結論から言うと、食料の保存はこれで十分に可能であった。干した野菜は水分が抜けて味が濃くなり、農家になったみたいで気分も上がる。作り置きのおかずも2〜3日はなんの問題もなくもった。当然と言えば当然である。外は十分寒いんだから。

冷凍問題に立ち向かう

そんなこんなでいきなり「なんで冷蔵庫って必要だったんだっけ」とすら思う勢いだったのだが、一つだけ困った問題が起きた。

冷蔵庫がないと「冷凍ができない」のである。

私は冷凍食品を買う習慣はないが、冷凍庫は重宝していた。電子レンジを捨てたエピソードでも触れたように、ご飯をまとめ炊きして冷凍することで、仕事と自炊の両立を図っていたためだ。

新聞記者という仕事は時間が不規則だ。大きな事件が起きると私的な生活などどこかへ吹っ飛んでしまう。でも大量に炊いたご飯を1食分ずつ小分けして冷凍しておけば、あとはちょっとしたきんぴらでも作ればたちまち食事にありつくことができるし弁当を作ることだってできる。

それが冷蔵庫の電源を抜くことでたちまち不可能になったのだ。

まとめて炊いたご飯を、冷凍に頼らないなんらかの方法で、美味しく安全に保管する方法を編み出さねばならなくなった。はてどうしよう。

ネットで調べたり、脳みそを絞ったりして思いついたのが2つ。

一つは、巷《ちまた》の一部で流行っているらしい「酵素玄米」を作ること。「炊いた玄米を炊飯器で保温したまま1週間ほど放置するとモチモチで美味しく、栄養価も高くなる」というネットの記事を見たのである。

1週間ももつのか！　それは素晴らしい！　しかも栄養価も味もアップするなら言

うことなしである。だが問題はもちろん、我が家には炊飯器がないということだった。そこで思いついたのが、例の「電気温水器」の活用である。

我が電気温水器はタンクに湯をためているので周辺がムワーンと暖かい。そのぶん湯が冷めるということだから実に腹立たしいのだが、その無駄に温かい温水器の上に、炊いたご飯を入れた鍋を置けば保温の役割を果たしてくれるんじゃないかと思ったのだ。

……結論から言うと、これは却下とした。

炊飯器と同等の高温を保つのはどうしたって不可能だった。それになんと言っても、栄養がアップする、美味しくなるといった理由で、1週間も炊飯器を保温させた状態にして完成するという酵素玄米の発想そのものに違和感が拭えなかった。

炊飯器を24時間つけっぱなしにすることは実に莫大な電力を必要とするのだ。原発事故をきっかけに節電を始めた私としては、この野放図な電力消費の先に起きたことを考えずにはいられなかった。何かの犠牲のうえに「きれいになる」「健康になる」みたいなことがありうるのであろうか。この巨大な経済システムの中では、ちょっとした欲望が束となって他人を傷つけるのだ。その冷徹な事実に注意深くならねばならない。

で、次の方法である。

それは「おひつ」を導入することであった。これは、大好きな時代劇を見ていて思いついた。江戸時代にはもちろん冷蔵庫なんてない。じゃあどうやってご飯を保存しているのかと目を凝らして見ると、おひつを使っているのである。

さっそくネットで調べてみると、木の殺菌作用があるのでおひつに入れたご飯は腐りにくいとある。1週間ももたせることはできないかもしれないが、冬ならば数日間はもつのではないだろうか。

デパートへ行き、一番小さな木のおひつを買った。で、いつものごとく早朝に鍋でご飯を炊き、さっそくおひつに投入！　しばらくして、試しにつまみ食いしてみる。

う、うまい……。

いやウワサには聞いていたが、木が余分な水分を絶妙に吸ってくれるせいだろう。

炊きたての瞬間以上に、ご飯はツヤツヤ、モチモチなのだ。一粒一粒の米がしっかりと独立して生きているという感じである。そして驚いたことに、すっかり冷めてしまっても実に美味しい！

いや真面目な話、50年近く生きてきてこんな美味しいご飯は食べたことがないと言っても過言ではない。わざわざ温めなくとも、冷やご飯のままで十二分にうまいのである。

これまでの人生でずっと、ご飯は冷めるとまずくなるのが当たり前だと思っていた。しかしそれは、炊いたご飯を炊飯器の中に入れっぱなしにしたり、あるいは即座に冷凍したりしていたからだったのだ。

これほど優れた道具をなぜ今まで使おうともしてこなかったのだろう。

それは言うまでもない。炊飯器というものが登場し、冷蔵庫というものが登場し、さらには電子レンジというものが登場したからである。誠に「便利」とはすべてをなぎ倒していく。

そして、おひつのご飯は実によくもった。どんどん乾燥するからだ。まったく予想以上であった。図に乗って1週間放置したらカチカチになった。なるほど、昔の侍が戦に持参したという「干し飯《いい》」とはこれだったか！

かじったら歯が折れそうだったので、粥にして食べた。うまかった。これでいいのだと思った。

本当の試練が始まった

こうして、当初は「暴挙」と思われたノー冷蔵庫生活も、多少の試行錯誤はありながらも、それなりに順調に滑りだしたのである。

ところがやはり人生とは甘くないのであった。

春が近づき、ピンと張った空気の冷たさが和らいでくると、ベランダのおかずは2日目には酸っぱい香りが漂ってくる。いよいよ、冷蔵庫なくしては「保存」ができないという現実と本格的に向き合わねばならなくなったのである。

会社の帰り、駅ナカにあるスーパーへ寄って店を一周する。それは1日のうちで、心からホッとできるささやかな幸せのひとときである。

カラフルな店内は誘惑に溢れている。あれやこれやの特売品、サービス品、季節のお勧めの品。あれも欲しい。これも試してみたい。

しかし私にはもはや、そのどれにもうかつに手を出すことはできないのであった。

保存できないということは、その日に食べるものしか買えないということだ。人参と厚揚げを買ったらもう十分なのである。いや十分どころか4本入りの人参を1日で使い切ることはできない。1本を使ったら、余った3本はぬか漬けにするか干すかしてもたせねばならない。

そしてすでに、我が家にはそんな残り野菜たちが、私の帰りをクビを長くして待っているのである。売り場をウロウロした挙げ句にその姿を思い出し、何も買わずに出てくることも珍しくなくなった。

冷蔵庫のない身とは、実につまらないのであった。

改めて、これまでの買い物を振り返ってみる。

冷蔵庫があれば、明日や、明後日や、はたまた1週間後のことまで視野に入れて買い物をすることができる。さらに冷凍すれば1カ月後まで見渡すことだってできる。なるほど冷蔵庫とは、時間を調整する装置だったのだ。我々は冷蔵庫を手に入れることで、時間という本来人の力ではどうしようもないものを「ためておく」という神のごとき力を手に入れたのである。

かくして我々は、「あれかこれか」ではなく、「あれもこれも」買えるようになった。それはなかなかに楽しい行為である。頭の中で将来の食卓に想像を巡らし、「いつか」食べるものを次々とカゴに放り込んでいくことができる。

冷蔵庫には、そんな「いつか」の夢がいっぱい詰まっていたのだ。そう、冷蔵庫とは、「いつかの箱」であり「夢の箱」なのである。

ところが冷蔵庫をやめてしまったら、身もふたもない現実を生きなければならなくなった。そして、その現実を生きるのに必要なものは驚くほど少なかったのだ。一回の買い物で使うお金が５００円を超えることはほとんどなくなった。

生きることとは食べることである。つまりは私が生きていくために必要なお金とはその程度のものだったのである。

あれ、私って……たったこれだけのもんだったの？

残ったのはちっぽけな自分だった。取るに足らない自分であった。

私が生きていくのに必要なものなんて、たいして多くはなかったのだ。

これまでカゴいっぱいの何を買っていたんだろう?

もしやこれが「悟り」なのか

そんな至極つまらない日々を送るうちに、ハッと思うところがあった。

これはもしや、「悟り」というものなのではないだろうか?

人が生きる苦しみをとことん考え抜いたブッダは「今、ここを生きよ」と言った。

それこそが、人が苦しみから救われる道なのだという。

で、冷蔵庫をやめた私って……。

まさに「今、ここ」を生きてるじゃないの!

私はかねて、このブッダの考え方に関心を寄せてきた。世の多くの人と同様、生きる悩みにまみれていたからだ。

世の中は自分の思うようには進まない。

頑張っても物事がうまく運ぶとは限らないし、たとえうまく運んだところで自分が望むような評価が得られるとは限らない。もし奇跡的に評価されたとしても、それは瞬く間に過去のこととなり、またすぐに試練と評価にさらされる日々が待っている。いったいいつになれば幸せやら満足やらが得られるのか、考えるほどに絶望的になっていたからである。

そんな時ある本を読んで、ブッダのこの教えを知った。

人の悩みのほとんどは、過ぎ去った過去を悔いたり、まだ来ぬ未来を思って心配したり悩んだりすることそのものにあるというのだ。

ナルホド！　そりゃまさに私のことである。

確かに、過去がどれほど失敗だらけで恥や裏切りや理不尽な扱いにまみれていようが、そして未来がどれほどひどいことになりそうな予感にまみれていようが、「今この瞬間」にはなんの問題もない。ただの過ぎゆく一瞬なのだから。その一瞬一瞬を懸命に生きるしかないではないか！　で、それでよいではないか！　うんうん。そうだ。そうだよね。なかなかに素晴らしい考え方である。

だがこれが実に言うは易しなのであって、実際にやろうと思うとめちゃくちゃに難しい。自分をちょっと観察してみればすぐにわかる。もういつだって過去や未来のことしか考えていないのである。そして気づけば、いつもくよくよしっぱなしである。

「今を生きる」だって？　それができればどんなに素晴らしいか！

しかしそれはおそらく、長く苦しい修行を経て「悟り」とでもいうべき境地に達しなければとてもできないことなのだ。でもそんな修行をしている暇なんてどこにあるのさ！　それができれば苦労はないんだよ〜。

ずっとそんなふうに思っていた。

ところが、である。

冷蔵庫をなくし、買い物の楽しみを奪われ、ふと気づいたのだ。

もしや、これが「今を生きる」ということではないだろうか。

将来（これから使うウキウキ食材）も、過去（買い置いておいた、とっておきの食材）もない日々を、私は生きている。それは確かにつまらない。なぜつまらないのかというと、夢がないからだ。身もふたもない（人参と厚揚げしか買えない）「ちっぽけな今」を生きるしかないからだ。

しかし、ちっぽけな今で何が悪いのだろう？

あれこれと夢を描き、夢に心奪われ、そして一方でそれがうまくいかないのではと思い悩む暇があったら、今その人参と厚揚げを味わい尽くせ！　そこにある宇宙をとことん楽しめ！　もしかして悟りとは、そういうことだったんじゃないのか？

確かにそう考えてみると、つまらない日々は、一方で心安らぐ日々なのである。慣れてくると、今日の献立だけを考える買い物はシンプルで迷いがない。お金もかからない。余分な食材の一切ない台所は実にすっきりしている。

妙な話だが、私は冷蔵庫をなくして以来、ものを腐らせるということがほとんどなくなった。必要十分なものしか買わないから、いや買えないからである。

考えてみれば、これまでアレヤコレヤの夢を冷蔵庫の奥にため込んで、どれほど腐らせてきたことか！　それは私の人生も同じだったんじゃないだろうか？　あれこれの夢をため込んではほったらかしにして、次々と腐らせてきたんじゃないだろうか？

私の人生とは9割方そんな妄想に費やされてきたんじゃないだろうか？　そんな暇があったら、今できることをシンプルに、とことんやり尽くせばよかったのではないだろうか？

冷蔵庫をなくして見えてきたちっぽけな自分。うん。確かにそれはちょっと寂しいものがある。

しかしこれが現実なのだ。これ以上でもこれ以下でもない。私はおそらく生まれて初めて、自分の「身のほど」を知ったのである。

それでいいではないか。だってこれが現実であり、そしてすべてなのだ。

うん。人参と厚揚げ、うまいじゃん！　私はこれで十二分に満足できる人間なのだ。これ以上の夢なんて本当に必要だったのか。

もしや　これが「悟り」なのか。

もしや、これが「今を生きる」ということではないだろうか。

なぜ食べ物がこんなに捨てられているのか

改めて考える。冷蔵庫とはいったいなんだったのだろう。

今我が国では、食べられるのに捨てられる食品が年632万トン（2013年・学校の25メートルプールに2万杯以上）もあって、その約半分が家庭から出ているらしい。ここに「食べられなくなって（腐って）捨てられる」食品を加えたらどれほど膨大な量になることだろう。

そしてその多くが冷蔵庫で最後を迎えていることは、かつての自分を振り返れば容易に想像がつく。

いや｜本当に私、社会人になって一人暮らしを始めてからというもの、マイ冷蔵庫でありとあらゆるものの腐った姿を目撃してきました。野菜、肉、魚は言うに及ばず、卵を1年以上放置してしまい怖くて触れなくなったこともあったなあ。勇気を振り絞っていざ捨てようとソーッと持ち上げたらなんと、羽のように軽かった！　つまりはカラッカラに乾燥していたわけです。いやもうそんなになるまで放っておくなよってことですよね……。

冷蔵庫って案外と奥行きが深い。で、古くなった食品は奥へ奥へと追いやられ、そのうちに化石化する。そこには「見たくない」という心理も働いているように思う。食べ物をダメにするというのは案外と人の精神に深いダメージを与えるものなのだ。人とは利己的なようで案外そうはなりきれないものである。ものを無駄にすると、まるで「自分を無駄にした」ような気がするのだ。そんな自分を見たくないので、化石になっていると知りながらも見て見ぬフリをするのである。ひどい場合は何年も放置した挙げ句、引越しなどやむをえぬ事態に直面してようやく捨てるのである（実話です）。

で、最近の報道によると、こうした「食品ロス」を防ぐために、業界のルール見直しや、教育の必要性、はたまた賞味期限を延ばす容器の開発など各方面で努力が続けられているという。

そりゃ結構。

しかしですね、なんだかそれって、根本的な問題としてどこか決定的におかしくないですかね？

突き詰めて言えば、食べられるものがこれほど捨てられているということは、日本にはそもそも食品が溢れすぎているということだ。

人はいくら食欲をたぎらせたところで、人一人が食べられる量には所詮限界がある。ということは、日本に暮らすすべての人が食べられるものだって、その総量には限界がある。しかし世間には、その食べられる量をはるかに超えたものが「売り物」として出回っているのである。

その結果、売れ残りは業界の「食品ロス」となり、いったん売れてしまったものの食べきれなかったものは家庭の「食品ロス」となる。

それだけのことなんじゃないだろうか。

だから対策をいくら取ったところで、この「食べられるものをはるかに超えた量の食品が売られている」という事実を変えない限り、何も変わらないのではないだろうか？

つまりは、家庭であろうが店であろうが「あ、もうこれ食べられないや」といってバンバン捨ててもらい、また新しい商品をバンバン買ってもらうことで食品業界は成り立ってきたのである。これが仮に、すべてが「いつまでももつ商品」になって誰も食べ物を捨てなくなったら、その分売り上げは減ってしまう。それじゃあ業界の人は困るんじゃないだろうか?

いったいどうして、本当は単純なはずのことがなぜこれほどこんがらがった糸のようにもつれにもつれて何が問題で何が答えなのかすら誰にもわからなくなってしまっているのだろう。

そう。こんなこんがらがった状況を作ってしまったのは「冷蔵庫」なんじゃないでしょうか。

冷蔵庫が「生きるサイズ」を見えなくする

冷蔵庫がない時代、食べ物の保存には自ずと限界があった。だから人が買えるものにも自ずと限界があった。

ところが冷蔵庫ができたことで、人は「いくらでも」食べ物を買えるようになった。今日食べなくたっていいんだからね。これは食品業界にとっては大チャンスである。つまりは、人は食べきれないものまで買うようになったのだ。いつか食べるから大丈夫、というわけである。

もちろん、これをきちんと「いつか」食べるのならなんの問題もない。しかし現実はそうじゃなかった。人は絶えず「いつか」食べるものを買うようになったのである。しつこいようだが、人が食べられる量には所詮は限界がある。だからその多くは廃棄されることになる。簡単に言えば「食の買い捨て文化」を冷蔵庫が作り出したのではないだろうか。大量生産・大量廃棄。これが経済を回してきたのである。

そして、これを個人の側面から見ると、冷蔵庫という存在は「生きていくこと」の本質を見えなくしてしまったのではないだろうか。

「食っていく」とは「生きていく」ことである。つまり、食べていくことさえできれば何はともあれ生きていくことができる。格差や貧困が社会問題になり、どんな人だっていつ貧しさに直面するかもしれない時代だからこそ、ここは誰もが関心を持たねばならないポイントである。

つまり、いったいいくらあれば自分は「食っていく」ことができるのかを見極めないと、将来への不安への対処のしようもない。

しかし本当に「食っていける」とはどういうことなのか、ほとんどの人が見失ってしまっている。

スーパーへ行くと、多くの人が目につくままに、「お買い得」とか「特売」とか「大サービス」とかの言葉につられてどんどん商品をカゴの中に入れていく。「いつか」食べればよいのだから。しかしもちろん、その「いつか」は容易に忘れ去られていく。冷蔵庫の中は「いつか食べる食品」で溢れ返り、もはや管理不能である。というよりも、今や、誰もそれをきちんと管理しようとすらしなくなってしまった。

冷蔵庫は、「食べる」ということを「生きていくための軸」ではなくしてしまったのだ。

冷蔵庫の中には、買いたいという欲と、食べたいという欲がパンパンに詰まっている。人の欲はとどまることを知らず、その食べ物の多くは実際には食べられることはない。もはやそれは食べ物ではない「何か」なのだ。

冷蔵庫は、その誕生期から比べれば信じられないくらい大きくなっている。それは、人々の欲望の拡大の姿そのものである。

冷蔵庫は私が小さい頃から家にあったが、その頃の冷蔵庫はもう本当に小さなものだった。冷凍庫など本当に小さなスペースで、アイスクリームなんかを少し入れたらもういっぱいであった。さらにみっしりと霜がついて余計にそのスペースは狭くなるのであった。それでも、我が4人家族の食事はどうということもなく賄われていた。スーパーだって今ほど長時間営業はしていなかったのにもかかわらず、である。

それが今では、都会では24時間営業スーパーだって珍しくない。つまりは外の冷蔵庫もいつだって使用可能なのである。それなのに、どの家庭にもある巨大化した冷蔵庫もパンパンなのだ。

こんな状況では、「食っていく」ことの骨格は見えなくなる一方である。つまり「生きていく」こととはなんなのかが誰にもわからなくなっている。「欲」と「欲じゃないこと」の境目がグズグズになっている。そんな中では、自分にとって「本当に必要なこと」はどんどんわからなくなり、人はぼんやりとした欲望に支配される。ただただ失うことだけをやみくもに恐れるようになるのである。

それが、今の世の中における「不安」の正体なのではないか。

我々が本当に恐れるべきなのは、収入が減ることよりも何よりも、自分自身の欲そのものである。暴走し、もはや自分でもコントロールできなくなったぼんやりとした欲望。

そこから脱出するために必要なのは、何よりもその欲の正体を見つめることだ。自分はどうしたら本当に満足できるのか、そこを見つめることだ。冷蔵庫があるからといって野放図に食品を買いあさり、挙げ句にその存在さえ把握できなくなっていることが、本当の自分の満足につながっているのかをきちんと考えなければならない。

欲がなくなるという奇跡

で、私は冷蔵庫をなくしたことで、すっかり欲がなくなってしまった。絶えず暴走していた欲望が突然、急ブレーキをかけて止まってしまったのだ。

それは、自分が生きていくために本当に必要なことのあまりの小ささを思い知らされたからだ。食っていくことの正体がわかったからだ。

そこがわかったら、実にすっきりしたのである。

こんな程度のちょっとのモノで生きていけるのだと思ったら、不安がなくなった。不安がなくなったら、ストレスもなくなった。

ストレスがなくなったら、欲もなくなったのである。

欲ってどうやら、不安を慰めるための甘いお菓子みたいなものだったんだな。

私はもう、甘いお菓子はいらなくなったのだ。これはもう本当の意味でも。

ダイエットなんて簡単だ。

つまりは冷蔵庫をやめればいいのである。


いや真面目な話、私は冷蔵庫をやめてから「甘いものを食べたい」という欲がなくなってしまった。カロリー計算も、体重計に乗って一喜一憂することもまったくなくなった。

甘いものだけじゃない。食事そのものも、適度に空腹が満たされる程度の量で満足できるようになった。お腹がパンパンになるまで食べると実は苦しいのだということにようやく気づいたのである。「ご馳走を腹一杯食べれば幸せ」という、これまでずっと信じて疑わなかった価値観は1万光年ほど遠くへ飛び去ってしまった。「腹八分目」なんて、それこそ言うは易く、行うは難しで、そんな我慢生活を続けるなんて絶対できっこないとずうっと思っていたのが、今はなんの我慢もしていない。ただただ当たり前の腹八分目生活なのである。

これってすごくないですかね？

だって、今の日本に出回っている情報の半分は「痩せるためにはどうしたらいいか」ということで占められていると言っても過言ではない。つまり、これだけ痩せるためのありとあらゆるノウハウや商品がこれでもかこれでもかと出回っているのに、まだ新たな情報が出てくるのである。つまりは、この情報のほとんどが有効じゃないのだ。つまり、今ある情報では誰も痩せることができないのである。だからこそ尽きることなくダイエット本やダイエット食品が売り出されるのである。

その中で、私は一人、そのカルマを抜け出したのだ。

可能性を捨てて生きる

そしてコトは、食べ物だけにおさまらなかったのである。

「生きていくのに必要なものはほんのちょっとしかない」という衝撃は、地殻変動のように私の身の回りを揺るがした。つまりは私はそれまで「必要だ」と思ってきたあらゆるものを疑い始めたのだ。

山のように持っていた洋服、靴、本、化粧品、食器、鍋、カトラリー、調味料、タオル、シーツ……。所詮は一人暮らしであるにもかかわらず、気がつけばまるで何年も籠城するかのごとく、ありとあらゆる「いつか使う」ものたちが我が家に溢れ返っている。

しかし、いつかっていつだ?

私はそのすべてを、一から見直すことにした。

例えば、タオル。バスタオルなんているのか? 自分一人の体を拭くのに大きなタオルなんてなくたっていい。毎日洗うとして、小さなタオルが2〜3枚あれば十分である。

例えば、カトラリー。フォークやナイフやスプーンのセットは、私が一人暮らしを始めた時、両親が結婚式の引き出物か何かから持たせてくれたものだ。しかし我が家に客人を招いて食事をすることなどこれから何回あるというのだろう？　考えてみればこれまでだって、何十年かの人生の中で片手に余るほどしかそんなことはなかったのである。それにフォークやナイフで食べるようなものなんてそもそも最近ほとんど作ってないじゃん。そういう寂しい人生であるってことをいいかげん認めよう。もう50も過ぎたんだからさ。

私はすべてのセットを捨てた。さらに料理用のヘラも泡立て器もおたまも捨てた。代わりに小さな木のスプーンを一個買った。これを食事にも調理にも使えばよいのだ。一人分のちょこちょこした料理しか作らないのだからこれで十分である。

例えば、調味料。「料理好き」と称する人間にありがちなことだが、私は西洋、中華、韓国、エスニック、和と、世界の香辛料や調味料を所有していた。それもすべて捨てた。残した香辛料はコショウとカレー粉、調味料は塩と醬油と味噌と酢だけである。ついでに言えば菓子作りの材料もいろいろ持っていたのだが、それも全部捨てた。つまりはもう家では「ひなびた惣菜」しか作らないと決めたのである。ご馳走やお菓子が食べたければ外食をすればよいのだ。「油こし器」も捨てた。考えてみれば、それほど家で揚げ物を作ってきたわけじゃない。いやほとんど作ってこなかった。だと

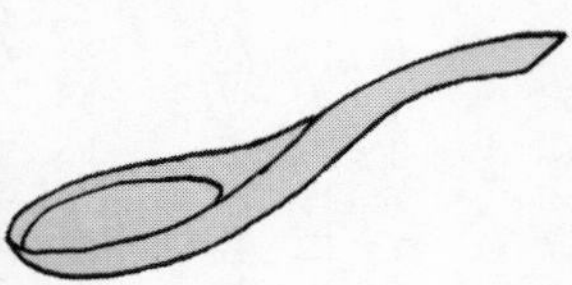

すればもうこれからは家で揚げ物を作らなくたっていいと決めてしまってもいいんじゃないだろうか？　だいたい考えてみれば、揚げ物ってかなりコツが必要で、自分でうまく作れた試しがないのだ。居酒屋で注文した熱々コロッケのほうが断然うまい。つまりは私はもうこれから一生、家で揚げ物を作って食べることはないのである。それでいいのだと思う。

ここまで来て、ふと気づいた。

私は何をしているのだろうか。

私は、人生の「いつか」、つまりは人生の可能性を捨てているのだ。

そんなことを自分の意思で行う日が来るなんて、考えたこともなかった。ずっと、可能性を広げることが豊かさなのだと信じて生きてきたのである。

しかしそれは本当に豊かさだったのだろうか。可能性を広げると言いながら、実際には欲を暴走させて不満を背負いこんできただけではなかったのだろうか。

可能性を閉じて生きる。

私はその可能性にかけてみようと思っているのである。

コラム その1

「干す」という無限の世界

ええっと、ちょっとカッコつけて「冷蔵庫がない生活なんてどうってことない」と何度か言ってみたのですが、本当はめちゃくちゃウンチクを傾けたくてしょうがないので、どうかちょっとだけ語らせてくださいませ。

だってですよ、これまでの人生、ずうっと「食品は冷蔵庫に入れて保存」と信じきって生きてきたのだ。食べきれなかったものを「さあどうしよう」などと考えること自体、まったくもって生まれて初めてのことである。それだけでもかなりのビッグチャレンジと言えよう。

しかしまあ「どうしよう」と言ったところで、結局のところ「干すか漬けるか」しかないんですけどね。しかも私のぬか床は小サイズなので、「漬ける」には量的な限界がある。なのでほとんどのものは「干す」ということになる。

もうとにかくありとあらゆるものを干しております。

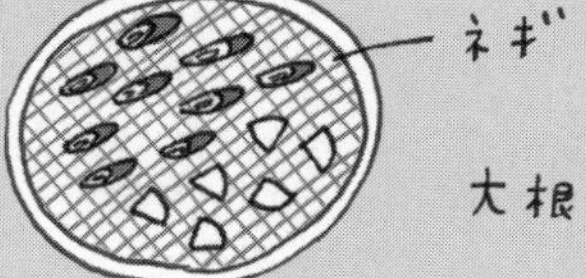

と言うと、目をキラーンとさせて「私もやってみたい！」「どうやってやるのかコツを教えてください！」などとおっしゃる方が少なくないのだが、コツも何もありゃしない。とにかく余ったものはとりあえずベランダに置いたザルの上に置く。つまりはベランダのザルが、かつての冷蔵庫代わりになっただけにすぎないと言っても過言ではない。

で、結論はなんとこれでまったく十分なのであった。

野菜に関して言えば、干せないものなどありません。で、干せばなんでも保存できる。要するに、水分が飛んでしまえば腐らないのである。そして水分というものは外に放置しておけば自然に飛んでいってしまうのですよこれが。

この飛びっぷりというのは本当にすごくて、中でも私が一番驚いたのはモヤシであった。一人暮らしをした人ならばわかると思うが、モヤシというのは安くて美味しくて大変に優秀な食材なのだが、なかなかどうして1日で食べきるのは難しいのである。そのうえわずかでも放置しているとすぐに妙な匂いがしてくる。なので当然、余ったモヤシはすぐに我が保管庫（ベランダのザルの上）へ移管。

そうしたらですね、夜仕事から帰ってきたら、なななんと、朝干したはずのベランダのモヤシが影も形もなくなっているじゃありませんか！

エッと思ってよくよく見たら、いやちゃんとありました。でもそれは、もうあのモヤシではなかったのである。細くて茶色い、ワラのような糸のような、見たこともないカラカラのシロモノ。つまりモヤシとはほとんどが水だったのである。

ちなみにこの乾燥糸モヤシ、ちゃんと食べられます。しかも味がもうめちゃくちゃ「モヤシ」！　うまいと言って差し支えないと思う。だが一つ大きな欠点がありまして、これがものすごく歯に挟まって……いやまあそれはさておき、そのくらい外に置いておくことの「水分を飛ばす威力」というのはすごいものがあるのだ。

で、それはなんのおかげかと申しますと、「太陽と風」のおかげなのであります。つまりは私は電気というエネルギーの代わりに、誰の下にも平等に、しかも無料で降り注いでいる天然のエネルギー（太陽と風）を利用させていただいているのです。

これがまあ本当にバカにならないエネルギーでして、風に吹かれながら太陽光線をジリジリと浴びた野菜は、ただ乾くだけじゃなくて、料理をする時の加熱時間が実に短くて済む。いや、短いなんてもんじゃない。

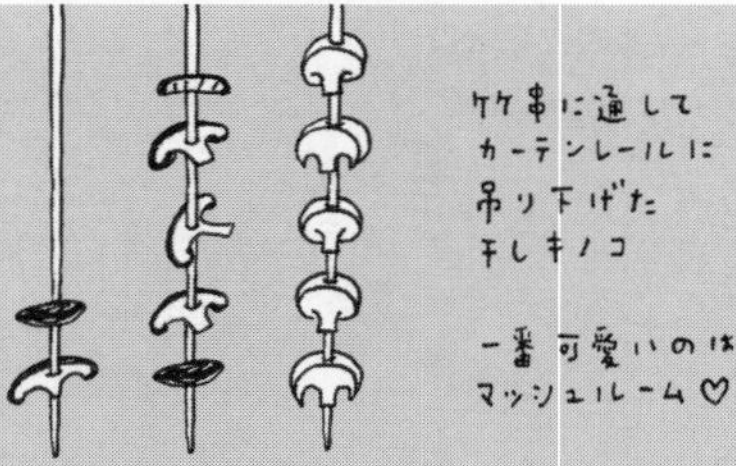
竹串に通して
カーテンレールに
吊り下げた
干しキノコ
一番可愛いのは
マッシュルーム♡

例えば私は味噌汁が好きで必ず食事には味噌汁を添えるのだが、稲垣流は本当に簡単で、鍋など使わないのであります。お椀に味噌と干した野菜を投入し、そこへ湯を注いで混ぜるだけ。なんとそれだけでちゃんと味わい深い味噌汁ができてしまう。これを知ってしまうと、市販のインスタント味噌汁など買う気にはとてもなれない。

で、これはなぜかというと、太陽がすでに半分調理をしてくれているからなんですね。

そう。改めて考えてみれば太陽って「火」だったんですよ。ものの本によれば、その表面は摂氏6000度というまさに「天文学的」な強火！　つまりは強火の遠火！　そう、プロ用の立派な台所でもオーダーできる身分にならなきゃ実現できないと思っていた夢の「強火の遠火」が、実は今ここに存在していたのである。

「遠い」（約1億5000万キロ）っていうのも本当にすごいことで、焦げることもなくただただ味が凝縮されていく。だからカツオブシなどを入れずとも我が味噌汁は十分旨みたっぷりなのだ。干した野菜そのものが濃厚な出汁《だし》になっているというわけです。

で、この火力が「強い」ってことがこれまた半端ない。つい先ほど「焦げることもなく」と書いたばかりではあるが、これは季節や天候によるのであって、猛暑のある日、ナスをベランダに放置していたら、ふと見ると、なんと表面が茶色く焦げてるじゃないの！　びっくりして手に取ると、アチチと手を引っ込めたくなるほどに熱を帯びている。試しに縦半分に切ったら、なんと中までアッツアツだ。

えーっと、これって……「焼きナス」じゃないですか！

いや本当に改めて太陽とはものすごいものである。太陽エネルギーと言えば、皆さんすぐに「太陽光発電」と連想するかもしれませんが、どうしてわざわざ電気にする必要が？　そのまま使えばいいじゃないですか！

というわけで、今や私の頭の中では、太陽はコンロのごとき熱源にしか見えなくなっている。

例えば、昼に野菜炒めを作るとしましょう。そうと決めたら朝、家を出る前に野菜をカットしてザルに干しておく。するとですね、昼に帰宅するとその野菜がしんなりしておりまして、もう圧倒的に短い時間で炒めて出来上がり。つまり、私がどこやらのカフェでお茶を飲んでいる間に、もう太陽が半分炒めてくれているわけですよ。ガスの節約にもつながる。いやもう我々はこれほどまでに素晴らしい自然の愛に囲まれて生きているのです。

それだけじゃない。「干す」という保存方法が実に優れているのは、時間が経てば経つほどに保存性が高まるということだ。冷蔵庫ではこうはいかない。せいぜい数日間延命できる程度である。冷凍すればその日数は延びるが、それでも長く冷凍していれば劣化は免れない。

ところがですよ、ベランダに出しておけば、日数が経てば経つほどにカラカラになり、いつまでもいつまでももつのである。劣化するどころかむしろ進化すると言ってもいい。

えーっと、これって、控えめに言っても「奇跡の保存方法」じゃないでしょうかね？

というわけで、「いったいなぜ冷蔵庫が必要だったのか思い出せない」という私の実感が少しは理解していただけたでしょうか。

コラム その2

時代劇に学ぶ

「稲垣さんは江戸の暮らしを目指しておられるんですよね〜」と、取材のたびによく言われる。ありゃまたどこかで調子に乗って適当なことを言っちゃったんだろ〜なと冷や汗をかきつつ、とりあえずは「え、ええ」と答えるのだが、実は私、江戸のことに詳しいわけでもなんでもない。それに正確に言うと、江戸の暮らしを「目指した」わけではなくて、電気を使わぬ生活を始めてみたら、否も応もなく昔の人の暮らしに知恵を求めざるをえなかったというのが本当のところである。

で、最初に江戸に注目したのが冷蔵庫との決別を決意した時であった。

なぜなら、現代の人々に「冷蔵庫をやめようと思う」と言うと、誰もが100%「驚愕」し、「絶対無理」とダメ出ししかしなかったからである。確かに考えてみればそれしか返しようがないのだ。だって誰もそんな暮らしは経験したことはもちろん、想像すらしたことがないのである。もちろん私とてそうであった。つまり、現代人に冷蔵庫なしでどう生きていけばいいのかの知恵を求めても詮ないことなのである。

しかし江戸の人たちは違う。ごく普通の人が100％当たり前に冷蔵庫のない暮らしをしていたのだ。ここに学ばぬ手があろうか。

しかしそう改めて考えると、あまりにも短い間に日本人の暮らしの常識はガラリと変貌を遂げたことに驚いてしまう。

言うまでもなく、昔の人たちは皆、冷蔵庫なしで長い間暮らしてきた。聖徳太子も清少納言も織田信長も坂本龍馬も樋口一葉も、みーんなそうやって生きてきた。つまりは日本の長い長い歴史の中で、この高温多湿な気候の中で一年中食べるものをもたせるために、先人は工夫と失敗と苦労を一つずつ重ね、確実にモノにしてきたのだ。

その営々と積み上げられてきた知恵の集積を、「電気」という圧倒的な存在が、ほんの100年ほどできれいに拭い去ってしまった。やはり電気とは恐るべき存在であると、そのパワーに改めて恐れ入るばかりである。

というわけで、その長年積み重ねた知恵を学べる一番手近な教科書が、江戸であった。

ここでまた誤解を受けてはいけないので慌てて言っておくが、何か江戸の文献などを引っ張ってきて研究なんぞをしたわけではない。正直に言えば、その教科書とは我が愛

する「時代劇」である。ドラマや映画を見るたびに、その暮らしのシーン、例えば食事や料理のシーンに目を凝らしたのである。もちろん、そのドラマがどれだけ正確な時代考証を経ているかはわからない。しかしそんなことはどうでもいいのだ。そこにヒントがあれば、正しかろうがそうじゃなかろうがどちらでもいいのである。

で、私、つかみましたとも！

多分これが極意です。

冷蔵庫のない食事は……地味だ。

えらいお武家さんはともかく、庶民の食事と言えば、ほとんど「メシ」「汁」「漬物」の世界である。確かに台所のシーンを見ていればさもありなんで、とにかく台所が狭い。火元も1個。現代の住宅のように「3口コンロ」なんてない。なので、おひつに入った「メシ」が堂々たるメインである。おそらく朝にでもまとめて炊いておひつに保存しておくのであろう。

しかしこれがなんともうまそうなのだ。

とにかくやっこさんたちメシを実に勢いよく食らう。ぬか漬けをパリパリとつまんではカッカッとかっこんでいる。そこにホカホカの汁ものでもあれば表情崩れっぱなしである。ズズズーと汁をすすっては「ハアー」と幸せのため息をついている。なるほどご飯が冷えている分、汁を添えることで「温かい食事」の雰囲気を作り出せばよいのだな。確かにこれなら作り置き不要である。だって毎回味噌汁を作るだけだからね。

ここに、場合によっては（っていうか時代劇によっては）その家の自慢料理なるものがつくことがある。しかし

これがまた想像を絶する地味さである。

藤沢周平原作の映画『たそがれ清兵衛』では、貧乏武士・清兵衛の妻の得意料理は「いもがらの煮たやつ」であった。いもがら。知ってますかね？　里芋の茎を乾燥させた、まるで枯れ木のような茶色いシロモノである。それを醤油で煮ているのだから、もう真っ黒。しかし辛く煮れば日もちがするのであろう。なるほどこれならばやはり冷蔵庫不要である。これを清兵衛が実に美味そうに、幸せそうに食らうのである。

なるほどね。そうなのだ。冷蔵庫のない食事とは、要するに毎日なんの代わり映えもしない、そしてさして見栄えもしない地味な食事なのだ。インスタグラムで日々アップしたって誰も見向きもしないことは間違いない。だって味噌汁の具や漬物の材料は変わっても、見た目、毎日ほとんど変わらないんだもん。ハンバーグもグラタンもスパゲッティもチンジャオロースもない。

つまりは、冷蔵庫をなくすということは、このような食生活に耐えられるのかどうかということなのである。

で、改めて我が台所を振り返ってみたのだ。

料理は私の数少ない趣味だ。戸棚に詰め込んだイタリアだの中国だの韓国だのインドだのの世界の香辛料や調味料。油だけでも4種類はある。麺類もスパゲッティからたまご麺、ビーフン、うどん、そばまで世界の麺があり、薄力粉から中力粉からそば粉から片栗粉から何種類もの粉がある。道具立てもなかなかだ。フランスやらドイツやらの何種類もの鍋。フードカッターやボウルや泡立て器などの調理器具。

料理が好きになったのはいつの頃からだろう。

原点は、母の作る料理であったことは間違いない。

母は、もともとは決して料理が上手でも得意でもなかったと思う。3人兄弟の年の離れた末っ子として甘やかされて育った母は、結婚するまで料理などほとんどしたことがなかったらしい。だが高度成長時代のモーレツサラリーマンの妻として「良き主婦」であろうとした母は、レシピの本を見ては懸命に新しい料理にチャレンジした。

洋風。中華風。和風。日々の食卓に「昨日と同じもの」が並ぶことはなかった。真面目な母は最初はレシピを正確に再現し、それを何度か繰り返しては自分なりにアレンジを加えていった。そうこうするうちに、母は間違いなく「料理上手」になっていった。

そして私や姉が成長すると、料理は親子の共通の趣味となった。新しいレシピ本を見せ合い、珍しい食材や香辛料にも果敢にチャレンジし、これが美味しかった、これはイマイチ、今度はこれを作ってみようと食卓であれこれと批評し合ったのは、かけがえのない我が家族の懐かしい思い出である。

私は幸か不幸か結婚することはなく、就職してからは一人で黙々と料理を作り、食べた。不規則な仕事で外食も多く、決して毎日料理をしていたわけではない。しかし美しいレシピ本を見て、出来上がりを想像し、自分の手でご馳走を作り出すことは間違いなく私の活力であった。楽しく、クリエイティブで、集中できて、仕事のストレスを解消してくれる貴重な機会であった。ありとあらゆる引き出しや棚にぎっしりと詰め込まれた食材や台所用品は、私の夢であった。

なるほど冷蔵庫をやめて暮らすとは、そういうことであったのか。

私はこの夢を諦めるのだ。

これからは「世界のご馳走」を作ることはない。あれもできる、これもできるという人生の可能性を広げることが豊かさなのだとしたら、私はその豊かさにくるりと背を向けて生きるのだ。

しかも自ら望んで！

こんな日が来るとは考えたこともなかった。

しかし改めて考える。それは寂しいことだろうか。

そんなにも日々ご馳走を食べなければいけないのだろうか。

そもそもご馳走とはなんなのだろう。珍しいもの、食べたことのないものももちろんご馳走だ。しかし、毎日の当たり前のご飯をありがたくいただく。それだって十分なご馳走なのではないか。というか、私にとってそれは「新たなご馳走」である。未知の世界である。

そう思えばなかなかどうして、それはそれでワクワクしてくるではないか。

改めて考えてみりゃ、私もちと疲れていたのである。買っても買ってもキリがないレシピ本。使い切れないエキゾチックな香辛料の数々。私一人が食べられるものは限られているのに、夢は広がる一方なのだ。かくして使い切れないものだけが増えていく。

ふと見れば、私に料理の楽しさを教えてくれた母も老いている。疲れている。手に力が入らなくなり、記憶も視力

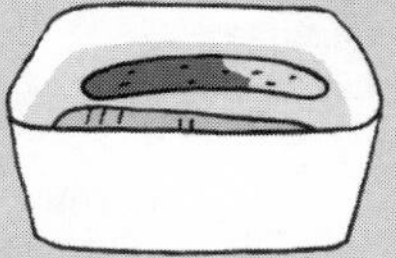

も衰え、複雑なレシピ本を見て料理を作ることが日に日に困難になっている。
実家へ行くと、いつだって母の枕元にはレシピ本が散乱している。線を引いたり、書き込みをしたり、なんとかしてその料理を作るのだという母の切ない気持ちが迫ってくる。
しかしそれは今の母には、あまりにもハードルが高い作業になっている。たぶん私がいない時、母は何かを作ろうとして、頑張って頑張って、しかし実際にはどこから手をつけてよいのか頭を整理することができず、途方に暮れ、悲しく情けない思いの中で何もできずに固まってしまっているのだ。
そんなにまでして、複雑なご馳走を作らなくてはいけないのだろうか。

お母さん、もういいよ。凝ったものじゃなくて、毎日同じご飯でいいじゃない。

でも母はなかなか納得してくれない。上を見て生き続けることは素晴らしい。しかし上を見られなくなった時、人は何を目指して生きればいいのだろう。

再び時代劇のシーンを思い出す。

毎日、ご飯、味噌汁、漬物。

地味だって？　おう、そうよ。それがどーした。だってあんなにうまそうに食べてるじゃん。見ているこっちも思わず身を乗り出してしまうほどだ。なんでなのかね。そりゃいろいろあるだろうけど、なんと言っても「腹が減ってる」からじゃないか。何しろ貧乏長屋だから。「おまんまが食べられるだけでありがたいってもんよ」というセリフ

は時代劇の定番である。

　上を見て生きることは素晴らしい。でもそのことだけが素晴らしいわけじゃない。ずっと上を見て生きてきたんだから、ここらで違う方向へ乗り出してみるって、なかなか楽しいことなんじゃないか。

　それにね、ご飯、味噌汁、漬物っていうのは、日本人にとってはやっぱりもう基本である。基本というのは毎日同じものを食べても飽きないということだ。毎日の食事は本当はうますぎてはいけないのかもしれない。

　うまいものは飽きる。だから毎日うまいものを食べていると、毎日違うものを食べなきゃいけなくなる。それを私は豊かさだと思ってきた。母もそう思ってきたんだと思う。そして母は今、そのことに苦しんでいる。

　私はそこから、何かを学ばなきゃいけないと思うのです。

白菜漬けの作り方
干す
塩
塩でもむ
唐辛子
昆布
を入れて
重しをする
酢・水半々入れる
↓
2～3日で完成!
酸味が出ます
美味しい

5

所有という貧しさ

（果てしなき戦いの果てに）

失敗は成功のもと

物事というのは、誠に思わぬことからコロコロと転がっていくものだ。もちろん悪いほうにコロコロコロコロ転がっていくことも実にたくさんあるけれど、良いほうへとコロコロ転がっていくことも決してないわけではない。

で、数少ない「良いほう」にコロコロと転がっていくのはどういう時なのか。

そこがわかれば人生苦労はないよなーと思う。しかし最近、私にはその「法則」がなんとなく見えてきた気がする。

ほとんどの場合、良いことが始まる前にはどうしようもないピンチや逆境が存在している。そして、その闇が深いほど得るものも大きいようなのだ。

それは、私の節電チャレンジについても同様であった。

節電を極めたつもりが、なぜだかうっかり「オール電化マンション」なるものに住むことになってしまった経緯は前章で書いた通りである。まったく我ながら間抜けにもほどがある。

何しろ普通に生きているだけで、すなわち家で飯を食い風呂に入るという「健康で文化的な最低限の生活」を送るだけで、莫大な電力を消費せざるをえないのだ。それまでの私の血の滲《にじ》むような努力をあざ笑うかのような悪魔のごとき家である。これを節電生活最大のピンチと言わずしてなんと言おうか。

正直に申し上げれば、もうすべてを投げ出してしまおうかという考えが相当な勢いで頭をよぎったことは否定できない。というのもですね、私にとっては「食べること」と「風呂に入ること」というのは我が家における最大の娯楽なのである。自分で自分の好きなものを料理して、お気に入りの日本酒に燗をつけ、ゆるりと食べて飲む。開け放した窓から空を眺め、心地良い酔いに身を任せて「はあ〜」と息をつく。そしてさらに、良いことも良くないこともいろいろとあった一日を、ゆったりと長いこと湯船につかって「はあ〜」と息を吐き、まあいいや今日も何はともあれ一日終わった。よかったよかったと締めくくる。

……これなくしてなんの人生ぞ！　っていうか、この日々のささやかな楽しみがあって初めて、私は私のイマイチで孤独な人生をなんとかかんとか継続してくることができたのである。

要するに、いくら節電のためとはいえ、調理と風呂に関しては絶対にケチったり我慢をしたりしたくなかったのだ。人生を損なってまで節電するというのはいくらなんでも過酷である。やりすぎである。

なので最初は、もう節電のことは忘れようとした。

いいではないか。私のせいじゃない。この家のせいなのだ。盛大な電気を使って調理を行い、やはり盛大な電気を使って電気で風呂を沸かす……。だってしょうがないじゃない！　もれなく電気がついてきちゃうんだもん！

しかしですね、これがどうにもうまくいかなかった。

忘れようとしたって忘れられないのである。無駄に大量消費される「電気さん」のことを思うと、非常に心が傷むのであった。なにか大量殺戮《さつりく》をしているような気分なのである。ことここに至り、私は確信した。私ほど電気のことを大切に思っている人間は日本広しといえどもそうはいないのではないか？　私にとって電気とは、もはや友達のような血の通った存在になっているのである。節電とは、電気を否定することではなくて、電気を大切にすることだったのだ。

というわけで、ピカピカのオール電化住宅で料理をしていても、風呂に入っていても、あれほど楽しいことだったはずがまったく楽しめない。

かくして私はついに覚悟を決めたのであった。

そもそも、掃除が楽だとか、スイッチ一つでなんでもできるとか、ほんのわずかな「面倒くささ」を忌避してこのような住宅を売り買いしてきたのが我々日本人の「これまで」であった。そのツケがあのどうしようもない原発事故であったのだ。そして今も、その遺産はしっかりと残っているばかりか、今だって実はオール電化住宅は盛んに売り買いされているのである。

この現実と正面から向き合うことになったのも何かの試練ではないのか？　ここで諦めて逃げていては、エネルギーを大切にする社会など呼びかける資格はない。

上等だ。やってやろうじゃないの。オール電化住宅における節電ってやつを！

っていうかこんなバカなこと私じゃなくて誰がやる！

IHクッキングヒーターとのみみっちい戦い

というわけで、東京のど真ん中において、我が高級マンションにおける「オール電化住宅vs.節電野郎」の全面戦争の火蓋が切って落とされたのである。まあ誰も見ちゃいないけどな。でもいいんです。誰も褒めてくれなくたって。これは私の気持ちの問題なんです！

というわけで、そのビッグチャレンジの一つがまさかの「冷蔵庫との決別」であり、その結果、私は実に大きなものを手に入れたということは前章に書いた通りである。だがそれだけではなかった。戦いはまだまだみみっちく続いていたのである。

まずもって料理である。

節電はしたい。

しかしだからと言って、料理の楽しみを諦めたり、外食を増やしたり、出来合いの惣菜を買ってきたりするのでは本末転倒だ。

なので自分に課したルールは、料理はこれまで通り楽しく。食べたいものを作る。しかし電気はできるだけ使わない、ということであった。


そんなことできるかい！　と思うでしょう。

だって、熱源はIHクッキングヒーターしかないのだ。もちろんここで「カセットコンロを使う」という手もあったのだが、それは却下とした。だってそれじゃあ全面対決にならない。単なる「逃げ」みたいな気がしたからだ。

誰も見ていないからこそ、こういうところは厳格にやらないとね。

そして結論から言うと、これができないことはなかったのである。人間、諦めずに考えれば何かと知恵が出てくるものなのだ。これまでの数年間、「必需品」と思ってきた様々な家電製品を手放してきた経験が大きかった。工夫と勇気さえあれば人生に乗り切れないことなど何もないのだ（たぶん）。

要は、熱源をできるだけ効率的に使えばよいのである。

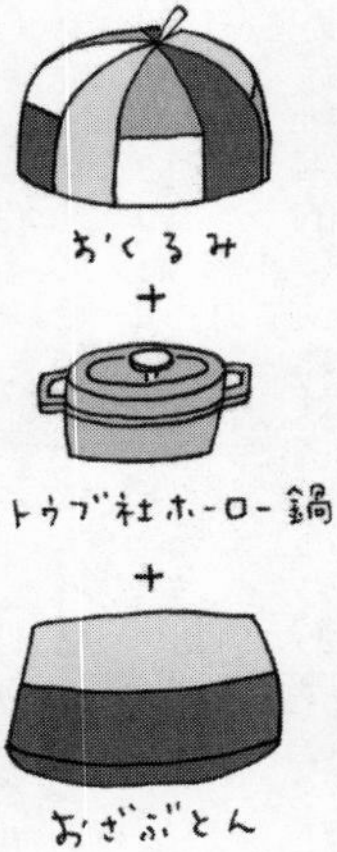

まずは、ふたが重く保温性の高い「ストウブ」社の高級ホーロー鍋を購入。さらに、裁縫の得意な友人に頼んで、この鍋をぴったりと包むキルティングの「おくるみ」のようなものを作ってもらう。

煮物や炊飯はふたをして効率的に温度を上げ、沸騰したら即座にスイッチを切る。あとは「おくるみ」に包んで数時間放置。保温調理する作戦だ。つまりは熱源を節約する分、「時間」という、これまで見向きもしてこなかった資源に活躍してもらうことにしたのだ。

いやー、これは我ながら本当に素晴らしいアイデアであった。夜のうちに仕込んで「おくるみ」に包んでおけば、朝には完璧に煮物が出来上がっているのである。弁当を作る直前にバタバタと料理することもなくなった。まさしく必要は発明の母。私は電気の節約だけでなく、家事の効率化も手に入れたのだ。

工夫したことはまだある。莫大な電気さんを使って沸かした「湯」はあまりにも貴重品なので、一滴たりとも無駄にしないよう頭をひねった。

例えば夕食を食べる時、私が試行錯誤を重ねた末に到達した「究極の湯の利用法」は、以下の通りである。

①やかんに湯を沸かす
②その湯に日本酒を入れた「ちろり」を入れて燗をつける
③ちろりを取り出した後、その湯を味噌と具を入れた椀に注ぎ、味噌汁を作る
④さらに残った湯は茶碗に注ぎ、食前に飲む白湯とする（消化力が高まるらしい）
⑤さらに残った湯は魔法瓶に入れて保管し、次回湯を沸かす時の原資とする

……あ、皆さんついてきてますかね？　いやわかってます。改めて書き出してみると、なんとまあどうでもいいみみっちいことであろうか。

しかし工夫をするということは、このようなみみっちいことの積み重ねなのだ。これ自体がどれほどの節電につながるかというと、それはほんのわずかなものであろう。ただ、肝心なのはそこじゃない。諦めないということ。小さなことでもトライするということ。その行為そのものが、次のチャレンジ、次の行動、次の発想へとつながっていくのだ。

それって人生も同じなんじゃないでしょうか。

諦めないということ。小さなことでもトライするということ。節電も人生も果てしない壁との戦いである。壁は高く、その高さばかり気にしているとすべてを投げ出したくなってくる。しかし、諦めない。小さなことでもチャレンジを重ねていけばよいのだと思えば、ちょっとはやる気が出てくる。そう。そうやって生きていけばいいんだよきっと……。

電気温水器との果てしない戦い

しかし今振り返れば、ＩＨクッキングヒーターとの戦いなどまったくの序の口であった。

本当の難敵はそれではなかったのである。

それはまさに終わりなき戦いであった。戦えど戦えど、敗北、敗北、また敗北。何度投げても永遠にボールは戻ってくる。これは何かの懲罰ではないかと思えてくるほどであった。いや冗談じゃないんだよこれが。

その敵とは「電気温水器」であった。

これまでの人生で初めて出会ったそれは、同居を始めてから別れるまでの約1年間、私の心を延々と悩ませ支配し続けたのである。

最初の出合いは、パリッと細身のスーツを着こなしたイケメンの若い不動産屋さんに連れられて、その家を初めて見学に来た時であった。

「ここはもう人気物件で、すぐ埋まっちゃうんですよ〜」と紹介されたそのピカピカのマンションが、まさかのオール電化住宅だとは当時は想像だにしていない。

だが玄関の鍵を開けて家に入った瞬間、私は妙な違和感を感じたのである。

それは「ムワーン」とした暖かい空気であった。

季節は7月の初め。締め切った空き家を見学するのだから暑いに決まっているんだが、にしても、日が当たるわけでもない暗い玄関のあのじんわりとした暑さは何か独特なものがあった。だが特に説明もなかったので「空気の流れが悪いのかな」とぼんやり考えているうちに見学は終了。そして縁あって、その部屋を借りることになる。

そして実際に引っ越してきて、その原因がわかった。

それは、玄関のすぐ横に鎮座していた電気温水器のしわざであった。

前章にも書いたが、電気温水器とは、格安な深夜電力を使って湯を沸かし、それをタンクにためておいて日中や夜に使うというシステムである。で、そのタンクが玄関横の小部屋に鎮座していたのだ。

小部屋には小さな取っ手がついていて、はてなんだろうこのスペースはと開けてみると、天井ほどまでの高さのあるでかいタンクがドーンと置いてある。それは静かに、しかし確実に熱を発し続けていた。

だがそれが何を意味するのか、その時はよくわかっていなかった。ただ「暑かったのはこいつのせいだったのか。ちっ」と思っただけである。

戦いは始まったばかりであった。

恐るべきコンピューター

私の「対電気温水器作戦」は、まずは風呂の湯の節約から始まった。

貴重な「電気さん」を大量に使って沸かした湯である。考えてみればその量たるや、やかんの湯沸かしどころの騒ぎじゃない。そう改めて考えると、風呂とは実に大量のエネルギーを消費することに驚く。

なのでもちろん、その湯を野放図に使うわけにはいかない。

だが私にはちゃんと勝算があった。「湯の節約」というとシミったれた忍耐になってしまうが、「腰湯」と言い換えればよいのだ。

風呂好きにもいろいろなタイプがあると思うが、私は長く湯につかっていたいタイプである。湯を浅くはり、腰までつかって長時間のんびりするのは我慢でもなんでもなかった。さらにものの本によれば、浅い湯に長くつかったほうが、全身浴よりもずっと健康に良いとあるではないか。人間50も近くなればどんな情報よりも「健康に良い」という一言に弱い。そして嬉しい。これで電気温水器問題はあっさり解決か？

だがコトはそんな簡単ではなかったのである。

我が電気温水器は、湯が減ろうが減るまいが、つまりは私が湯を一生懸命節約して使おうが使うまいが、毎日深夜になると一生懸命湯を沸かし直すという衝撃の事実が判明したのだ。

なぜかというと、どうしたって「時間が経てば湯は冷めてしまう」からである。

なるほど。タンクが発熱していたということは、すなわち熱が逃げていたということだったのだ！「玄関が暑いな……」などということじゃ済まない問題だったのである。

にしてもですね、そう考えると改めてオール電化住宅の不合理性を考えざるをえない。

「深夜の余っている電気を使う」と言われれば、なんだかエコのような気もしてくる。しかしですね、普通に考えて、湯を使いたい時に、わざわざ何時間も前に沸かしておいて、おもむろに10時間後にその湯を使う人などいるだろうか。そんなもったいないことを誰がやろうとするであろうか。

しかし、これをシステムとしてやってのけるのが電気温水器なのだ。

電気温水器の最大の弱点は、深夜に沸かしておいた湯を使い果たしてしまうと湯が出なくなることだ。いくら「深夜の安い電力を使えばおトク」と宣伝したところで、「風呂に入ろうと思ったら湯が出ないじゃねーか。どーしてくれる！」というクレームが殺到するようでは誰もオール電化住宅などに住まなくなってしまう。なのでそのような事態を避けるためには、深夜の間にできるだけたくさんの湯をチンチンに沸かしておかねばならないのである。

そのようにプログラミングされたコンピューターは毎晩毎晩、湯を巨大なタンクいっぱいにあっつあつに満たすべく、休むことなくせっせと働き続ける。

かくして住人は、何も考えることなく、文字通り「湯水のごとく」お湯を使うことができるというわけですね。

しかし「何か」を考え始めた瞬間、この律儀なコンピューターはたちまち難敵と化したのであった。

湯を節約しても、この律儀さのせいで電気代はほとんど減らなかった。引越し前は700円台にまで到達していた電気代は、なんと3000円を切ることも難しくなった。

3000円！　3000円ですよ！　これまでの私の血の滲むような節電の日々はいったいなんだったのであろうか。文明とはかくも暴力的で逃れられないものなのである。

一難去ってまた一難

うーん。いったいどうしたものか。「あのさあ、そんな毎晩毎晩働かなくていいんだよ」と電気温水器に言って聞かせたいところだが、いかんせん言葉が通じない……。

と考えたところで、ふと閃いた。

機械には機械の言葉があるではないか。相手にわかるように伝えればよいのだ。

私が向かったのは配電盤であった。風呂沸かし用のブレーカーをがしゃんと下ろしたのである。「タンクに湯がたまっている間は働く必要なし」と、彼らの言葉で伝えたのだ。

で、いったんたまった湯はできるだけ節約しながらチマチマ使って過ごす。で、使い果たしたところで初めてブレーカーを元に戻す。すなわち「湯をためてもいいよ」と伝える。

その効果は少なくないものがあった。いったん3000円を超えた電気代は、2000円台すれすれにまで減った。やったー！　人間、やればできるじゃないか！

だが戦いはそこで終わったわけではなかった。コンピューターの律儀さは、人のいい加減さを決して見逃さないのである。

風呂に湯をはるには、その瞬間だけはブレーカーを元へ戻してスイッチを入れねば湯が出ない。用が済んだら切ればよいのだが、慌ただしい朝にシャワーを浴びた後、あるいは酔っ払って風呂に入った後に、うっかり切り忘れることがある。

で、ふと気づけば、アーッ！　まだあんなに湯がいっぱいあったのに、頼みもしてないのに、っていうかまったく迷惑千万だっつうのに、またしっかり沸かし直してるし！　と気づくも時すでに遅し。まったく油断も隙もありゃしないのである。

そんなことを繰り返すうちに、私の中ではもう電気温水器くんがほとんど人格を持った存在になってきた。

いるんだよこういうタイプ。すごく真面目なんだけど使えない部下。「それはやらなくていいから」って言ってるのに「決まりですから」と聞く耳を持たず、「いやいや、やって欲しい時はちゃんと伝えるから」と説得に説得を重ねてようやく納得してくれたかと思ったらさにあらず！　ちょっと油断していると「やっぱり決まりは決まりだと思って」と、やらんでもいい仕事を律儀にこなすマニュアル新入社員！

しかも「働いたんだからその分の給料はいただきます」と悪びれずに金（つまりは電気代）を要求する。いくら指導しても同じことの繰り返し。まったく「お前なんかやめちまえ」と言いたいところだが、困ったことには確かに彼の言う通り、これは社長（家電メーカー）が決めた「決まり」なのだ……。

それにしても、敵ながらあっぱれと言おうか、この驚異的な忍耐力と粘り腰にはまったく恐れ入った。ヤツは決して諦めない。忘れたり、ウッカリしたりということもない。時間が経てば折れるということもない。とても人間などが太刀打ちできる相手ではないのである。

人工知能がますます発達し、このところ「人間が彼らに滅ぼされる日も近いのではないか」というSF的な話がまことしやかに語られ始めているが、いやいや私は断言します！　本当の本気になった時、人間はコンピューターには全然かなわない。電気温水器ごときの単純な機械であっても、私はもうまったく勝つことができなかったのだ。彼らを人様の都合のいいように「使いこなす」ことができるなどと思ったら大間違いだ。

それが、1年にわたる電気温水器との戦いを繰り広げた私の結論である。

そう。私はついに負けを認めることにした。

ただのんびりと風呂に入りたいというささやかな日々の幸せを確保するために、絶

「あのさあ、そんな毎晩毎晩働かなくていいんだよ」
と電気温水器に言って聞かせたいところだが、
いかんせん言葉が通じない……。

えずブレーカーの様子にピリピリと神経を張り巡らせ、それでもふとしたことで隙を作ってしまい、「あーっ」とか「まただよー」とか誰も聞いてくれない独り言を言いながらがっくりと肩を落とす……。

これって、なんか矛盾してないか？

だって全然のんびりできないよ！

彼との平和的共存は、所詮は無理なことだったのだ。もう「縁を切る」しかないのだと覚悟を決めた。「そこそこの距離感」でうまく付き合っていける相手ではなかったのである。

ついに、暇を言い渡すことにした。

配電盤のブレーカーを、永遠に落としたままにすることとしたのである。つまりは、私は家で風呂に入るという行為そのものを諦めたのだ。

そんなことが可能なのかって？

いやいや可能なのだ都会では。ありがたいことに、歩いて7〜8分のところに銭湯があった。私はそこを「我が家の風呂」とすることに決めたのである。

かくして、玄関脇にて「ムワーン」と熱気を発していたあの巨大な電気温水器君は、永遠に冷たいただのハコと化したのでありました。

私は負けたのであろうか。それとも勝ったのであろうか。

もの言わぬ「彼」を見つめながらしばし感慨にふける。

そして、ふと衝撃の事実に気づいた。感慨にふけっている場合じゃなかった。たとえクビを言い渡しても、彼がここから出て行くことはないのだ。彼はこの個室に永遠に存在し続け、いずれ巡り合うであろう彼を必要とする人を待つのである。やはり私は負けたのかもしれない……。いやいやいやそんなこと言ってる場合じゃないよ。それまでの間、あなたさまの家賃はいったい誰が払っているのかな？

私じゃないですか！

家電のデカさに気づく

電気温水器というやつは、縁のない人は見たこともないので想像がつかないと思うのだが、これがやたらとデカイのである。超巨大な冷蔵庫よりさらにデカイ。しかも熱を発するためか、はたまた外観がイケていないためか、わざわざドアつきの「個室」を与えられていたのだ。

言っちゃあなんだが、超高額の家賃を取られている我が家においては、ケチと言われようがなんだろうが、これはまったく無視できない厚遇である。例えれば、見合い結婚したもののどうしてもウマが合わず散々もめた挙げ句についに離婚した夫が、家賃は全額私に負担させたまま、なぜだかいつまでも家の中に居残って個室を確保し陣取っているようなものではないか!

しかし冷静になって考えてみれば、そんなふうに邪険に扱うのも筋が違うのかもしれない。我らは「便利」を求めて彼を雇ったのだ。その欲求になんとか応えようと、彼は彼なりにそれだけの大きさとなる必要があったのである。

それは、我々の欲望の大きさなのだ。

だがその欲望がなくなってみると、無駄な大きさだけが残るのであった。

そしてふと身の回りをぐるりと眺めると、恐ろしいことに気づく。

私が無駄な家賃を負担しているのは、電気温水器だけではなかった。

すでに電源を抜いた冷蔵庫。洗濯機。どれも実にデカイのである。しかもそのどちらも、冷めた目で見直してみれば特段外見がイケているというわけじゃない。いやはっきり言ってまったくイケていない。物事はおしなべて「自分の役に立っている」と思える時はすべてが許せるのだ。何もかもがそれなりに愛らしく見える。しかしいったん「役に立たない」となるや、すべては反転する。

これまでずっと、自らの欲望を省みることなく、ただ便利だからと、モノを手に入れることばかりを目指してきた。お金を稼いでモノを買えば便利に、豊かになるとしか考えてこなかった。何が必要なのか、本当に必要なのか、それは本当に自分を豊かにしているのか。一切の思考を凍結してきた。その挙げ句、増え続けるものに取り囲まれ、ますます家は狭くなり、もっと広い家を求めてさらにお金が必要だと思い、あくせくと働き競争し、時間がないからとさらに便利なものが欲しくなり、そしてまたモノが増え……欲望のスパイラルはどこまでも拡大し増殖し、とどまるところを知らない。

しかし、その欲望のメガネをいったん外してしまうと、そこにはまさかのまったく違う光景が広がっていたのであった。

イケていない巨大なプラスチック製品の群れを高いお金を払って買い、さらにその家賃までせっせと負担している自分がそこにいたのである。

銭湯にて所有を疑う

改めて考える。所有とはいったいなんだったのだろう。

前述したように電気温水器との格闘に疲れた(敗れた)私は、近所の銭湯へ行くようになった。やむにやまれぬ選択であった。しかしこれが思いもかけず、新たな世界への入口となったのである。

銭湯ワールド……す、すごい!

はっきりと断言しよう。家の風呂と銭湯は、まったくの別物である。というか、家の風呂。あれは果たして風呂だったのだろうか?

風呂の第一の目的は「温まる」ということであろう。で、この温まり方が家の風呂と銭湯とではまったく違うのだ。家風呂は湯量が少ないのでどうしたって入っているうちに冷めてくる。冬場であればなおさらである。追い炊きをしても、のんびり入っていればいるほど冷める。冷める。しかし風呂とはのんびり入ってなんぼではないか！　と心で叫びつつ、結局は微妙に温まりきらぬうちに釈然とせぬ気持ちのまま出る羽目になり、外気の冷たさに凍えながら風呂タイム終了。

よくよく考えるとアッタマッテいるんだかなんだかよくわからない。

だが生まれてこのかた、旅行でも行かぬ限りはずうっと家の風呂しか入ったことがなかったので、そんなものかと思っていた。

ところが銭湯へ行きだしてもうびっくり。その豊富な湯量のパワーは家風呂とはまったくの別物なのだ。極寒の冬の日でも、湯から出てしばらくは汗が噴き出して止まらない。家への帰り道がどれほど気温が低かろうと、芯から温まった体はビクとも影響を受けないのである。

あの、もしかして……これまでの家風呂人生、実はずっと損してきたんじゃないですかね？　っていうか、実はあれは風呂じゃない何かだったんじゃないか？

それだけではない。銭湯とは社交場である。同じ時間に通っていると、いやでも顔見知りが増える。皆近所に住んでいる人ばかりだ。

自慢じゃないが、都会暮らしで隣近所の人と親しく会話したことなどこれまでの人生で一度もなかった。だからなんなんだと言われるかもしれないが、おばあちゃんたちの会話に聞き耳を立てていると、普段はたわいもないテレビやら天気やらの話をしているように見えて、「最近○○さん見ないけどどうしたのかしら」などという噂話も怠らない。そして久方ぶりに○○さんが顔を出すや、いったいどうしていたのか、体調は大丈夫なのかと質問攻めだ。○○さんも一生懸命答える。ちょっとボケてきちゃって。足が動かなくって。いやいや大丈夫よ。元気そうじゃない。またいらっしゃいよーーと必死に声をかけまくるおばあたち。

これはもう支え合いのシステムそのものではないか。

人とは公的な医療・介護サービスだけで生きているわけではない。気にかける相手、そして自分のことを気にかけてくれる相手が存在して初めて、人は「生きていく」気力が生まれてくる。そんなすごいことを、銭湯という存在はサラリとやってのけてい

家への帰り道がどれほど気温が低かろうと、
芯から温まった体はビクとも影響を受けない
のである。

るのだ。これこそが社会資本じゃないのかね？

それだけじゃない。ここは社会教育の場でもある。裸の人が集う場では、地位でも肩書きでも財産でもなく、その人の「振る舞い」だけが人の価値を決めるのである。

自分が気持ち良く過ごすためには、人が気持ち良く過ごせるように配慮しなければならない。隣の人に湯がかかっていないか。湯船には静かに入っていけるか。使った風呂おけや椅子はしっかり洗って元の場所に返せるか。一つ一つが問われている。違う世代の人と共存し、学び合う場でもある。小さい頃から銭湯に通っている子供は、必ずや社会の中で生きるスキルやコミュニケーション力が身につくはずである。

子供の教育に熱心なお母様方には、塾よりも何よりも、是非とも週に一度は子連れで銭湯通いをしてみてはと心よりお勧めしたい。

しかし、そんな私の熱い助言が生きる日が来ることはおそらくはないだろう。これほど素晴らしい銭湯なのに、その数は昭和40年代をピークに減り続け、現在も年間約200軒が廃業し続けているという。

なぜこんなことになっているのか。

それは我々が目指し続けている豊かさとは、何もかも自分の家の中で完結させること、すなわち「所有すること」だからだ。

内風呂という夢

このところ週に一度、老いた親の家へ行ってご飯を作り一緒に食べている。老人の記憶は最近のものからこぼれ落ちていくから、いきおい話題は昔の思い出話が中心となる。

その両親の思い出話は、所有の夢と楽しさに溢れているのであった。

電気冷蔵庫などなかった時代。比較的裕福だった母の実家には氷を使った冷蔵庫があったこと。そこでスイカを冷やして食べるのが本当に楽しみだったこと。冷蔵庫がなかった父は、それがうらやましくて仕方なかったこと。

そんな話をする両親の表情は、間違いなく輝いている。

思えば高度成長時代とは、所有の時代だったのではないだろうか。

そんな時代を駆け抜けた二人の最大の夢が「内風呂を持つこと」だった。新婚夫婦が最初に住んだ県営住宅には風呂がなく、銭湯へ行けない日は湯を沸かしてトイレで湯を浴びたというのが、両親定番の「貧しかったあの頃」の思い出話である。だから、風呂つきの社宅に引っ越した時は本当に嬉しかったと、両親は飽きもせず繰り返し話すのである。

しかし現代では、風呂なしのアパートの存在そのものが珍しくなっている。

風呂だけではない。現代の住宅は、それぞれが小さな要塞のようだ。

風呂を手に入れた両親はその後、冷凍冷蔵庫、全自動洗濯機、電気炊飯器、カラーテレビ、エアコン、電子レンジと、次々と便利な機械を手に入れ続けた。

自らが所有する小さな空間の中に、食べ物をため、優秀なマシンを備えつけ、家の中を冷やしたり温めたり、湯を沸かしたりして、内側の快適な状態を保つ。独立した要塞のごとき空間。これで我が家は完璧だ！　というわけ。

しかしそれは本当の豊かさだったのだろうか。

要塞は、完成するほどに孤立し、つながりを失わせる。だって煩わしい助け合いなんてなくたって生きていけるんだから。かくして「内と外」を分けて、差をつけることで豊かさを競う終わりなき戦いが始まった。それはすなわち経済成長の原動力でもあった。

でも一方で、必要十分を十二分に満たした要塞化した家々の中で、我々は人とのつながりや、助け合う力や、共感する力をとうの昔に失ってしまったのではないか？

冷蔵庫のない時代、人々は作りすぎたおかずを「おすそ分け」してやりくりした。トイレも洗濯機も内風呂もない時代には、共同の便所や洗濯場や銭湯は近所付き合いの場だったろう。そこにはもちろん、掃除当番などの決まりごともあったに違いない。中には決まりを守らない問題児だって少なくなかっただろう。諍《いさか》いやもめごともたくさんあったに違いない。

でもそんな障壁を乗り越えて、小さな付き合いを積み重ねながら、なんとかかんとか日々を過ごしていくことそのものが、いざという時の助け合う力につながったはずだ。「おたがいさま」という言葉はきっとそこから生まれてきたのだ。

それが、その頃の「豊かさ」だったんじゃないだろうか。

でも我々はもはや、差がなければ豊かさを感じることができなくなっている。そしてそれは、何かの罠みたいなものなんじゃないだろうか。

なぜって、そこにはいつまで経ってもゴールがないからだ。何かを手に入れても、周囲を見渡せばもっといいもの、もっとたくさんのものを手に入れている人がいる。せっかく手にした満足は、次の瞬間には不満と惨めさの源泉に変身している。それだけじゃない。例えばエアコン。家の中を冷やすために、室外機からブオーッと熱風を吐き出す。で、暑い外と比較して「うちは涼しい」と満足する。かくして都会はヒートアイランドとなり、ますます家の中を冷やさねば耐えられなくなる。そうしてますます外は暑くなり……。

……なんだかすごく変じゃないでしょうか。

我々はともかくも、差がつけばいいのか？　つまりは自分が豊かさを感じるためには、貧しい他者の存在が欠かせないのだろうか？

そんな競争に、果たしてゴールがあるのだろうか？　もしかして、そのゴールが原発事故だったのではないのか？　自分さえよければ誰かを踏み台にしてもよいという考え方が原発事故を生み出したのは偶然でもなんでもない。我々はすでに誰かを常に踏み台にしてきたのだ。いや、今も踏み台にしているのだ。

今や誰もが福島で起きていることを多かれ少なかれ「見て見ぬふり」をしている。原発事故は我々の中に大きな分断を生み出してしまった。

だが我々はすでに、原発事故が起きるずっと前から、自ら分断を生み出していたのではないか？

街全体が我が家という考え方

そしてその結果、我々は豊かになったのか？　それならまだいいんだよ。でもみんな、苦しい苦しいと言っている。それはどうしてなのか。豊かになるためには何かを買わなきゃいけない。それも際限なく買い替えなきゃいけない。だって差をつけなきゃいけないからね。競争に終わりはない。その結果、お金はなくなるし、さらに買えば買うほど家もどんどん狭くなって、家賃がいくらあったって足りない。

どこまで行けば終わりが来るのか、誰にもわからない。

でも「内と外」に分ける考え方そのものを変えてみると、面白いように世界が違って見えてくる。

例えば冷蔵庫。外に出なくても家の中ですべてを完結させようとした冷蔵庫という存在は、実はいつだってやめられるんだ。家の外にある冷蔵庫、つまりはスーパーやコンビニの冷蔵庫を使わせてもらうって考えれば、何も家で籠城するかのように食品をため込むことはない。外に大きな大きな冷蔵庫を所有しているんだよすでに我々は！

風呂だってそうだ。都会にはまだ銭湯がある。もし歩いて行けるところに銭湯があるなら、それがあなたの風呂と考えたっていいじゃない。そうなれば特大風呂付きの温泉旅館に住んでいるみたいなもんだよ。お風呂屋さんという専門家が、掃除もしてくれるし最高にイカしたお湯も沸かしてくれる。近所付き合いも広がる。それで500円ちょっとって、スタバでラテを飲むことを思えば決して高くないよ。

こうして「所有することがリッチなのだ」という思い込みから離れると、すべてが違って見えてくる。プラグを外してみると、家の内と外という考え方がバカバカしくなってくる。所有じゃなくて、シェアするという考え方を軸に据えると、家電製品だけじゃない、これまでため込んできたあらゆるモノと自分の関係も変わってくる。

暑さや寒さをしのぎたいなら外の図書館やカフェに行って涼しさをおすそ分けしてもらったっていい。

本だって何も所有することはない。読み終わったら古本屋へ売ったり図書館へ寄付する。読みたくなったらまた買えばいい。つまりね、あなたはすでに家の外に巨大な書斎を持っているというわけです。

ちなみに私はね、近所のブックカフェを「我が書斎」と決め込んでいる。読み終えた本はせっせと持ち込んで置いてもらっている。読み返したければいつでもここへ来ればいい。もし売れちゃってもそれはそれでいいのだ。だって、自分の好きな本を誰かが気に入って買ってくれたら、それってすごく嬉しいことじゃない。

洋服も同じだ。着ないものは人にあげる。あるいは古着屋に売る。欲しいものは古着屋から買う。人からもらう。つまりあなたは世界に巨大なクローゼットを持っているということになるわけ。

そうなれば「狭いながらも大きな我が家」で暮らすことができる。高い家賃を払わなくたって十分にリッチな生活ができる。しかも友達が増える。自分で抱え込まず、シェアすることで、モノを通じて人とつながることができる。

そして何よりも、自分さえよければいいのだ、差をつければリッチなのだという際限のない競争地獄から抜け出すことができる。そして自分の「大きな家」を維持するためには、お風呂屋さんや古本屋さんや古着屋さんやカフェにも元気でいてもらわないといけない。人のために自分ができることを考えるようになる。せっせと通う。親しく声をかける。お客さん同士で仲良くなる。そうすることで「自分の家」(つまりは世界）を良い状態で維持しようと努力するようになる。「他人が良くなれば自分も良くなるのだ」と、ごく自然に思うことができる。

そう考え始めたら、お金に対する考え方までも変わってきたのである。

「同じものなら少しでも安く手に入れるほうがトク」。これまでずうっとそう思ってきた。でも本当にそうだったのか？　もしそうなら、自分はトクするけど相手は損をすることになる。いつもそんな行動を取っていると、トクをしたつもりがふと気づけば、損をして暗い目をした人たちに囲まれて生きることになる。つまりは友達のいない世界を生きることになる。

それで自分は本当に幸せになれるのか？

そうじゃなくて、自分にとって大切なものを提供してくれる人には、むしろ多めに払うくらいの気持ちでちょうどいいんじゃないか？　つまりお金を「応援券」として使うのだ。自分じゃなくて、相手にトクをしてもらう。そう考えれば「払う」のはお金じゃなくたっていいことに気づく。笑顔だったり、お礼の言葉だったり、ちょっとしたおすそ分けだったり。そうすると結局のところ、自分の暮らしを豊かにしてくれる人たちがどんどん元気になって強化されて、友達も増えて、自分も豊かになる。それが本当のおトクってことじゃなかったのか？

でね、これってもしかして「まちづくり」じゃないですかね？　少しずつ、自分で自分の好きな街を作っていく。何もドナルド・トランプみたいな不動産王じゃなくたってそんなことができちゃうんですよ！　一向に変わらない政治に文句を言って、それでも何も変わらなくて、どうしようもなく不安ばかりが募って、無力感に苛《さいな》まれてイライラしながら生きなくたっていいんです。

お金を使うことを「消費する」って考えると、結局のところお金を使うことは楽しいんだけど苦しい。なぜって使った後に何も残らないから（ただでさえ溢れ返って収拾がつかなくなった身の回りのモノがさらに一つ増えるだけ）。で、お金が減ってしまったと不安になる。でも「消費」じゃなくて「投資」って考えたらどうなんでしょうかね？　応援って投資ですよね？　投資したお金は減らない。いつか自分の元へ帰ってくる。だって自分の投資が自分の望む世界を作るんだから。そう思ったらね、お金があるとかないとかに縛られなくなる。それだけでもね、生きる恐怖はかなり減るんじゃないだろうか。

沖縄の人は「奪い合えば足りない、分け合えば余る」っていうんだって。そう新聞に書いてあった。いや本当にその通り。わかっている人はとうの昔にわかってたんだよね。でも私はずっとずっと、わかっていなかった。半世紀を生きて、しかも原発事故というあまりにも大きな出来事にぶつかって何年も苦闘して、ようやく心から理解できたのだ。

こうして、節電をきっかけに私の世界は思わぬところまで劇的に変わったのである。世に言う閉塞感のようなものは、文字通り、どこかへ吹っ飛んでしまったのである。

えーっと……イノベーションってこういうことを言うんじゃないでしょうかね？

シンデレラストーリー

で、挙げ句の果てにこんなことまで起きたのだ。

今も時々、これって夢じゃないかと思う。ヨワイ50にして、私は突如として理想の邸宅を手に入れたのである。

あ、手に入れたと言っても借家です、念のため。しかし東京都心にもかかわらず、朝は木々に集う小鳥の声でヨーロッパの古城に住まうお姫様のように目覚め、ベッドから優雅に起き上がって南向きいっぱいに大きく取られた窓から外を見渡せば、まさに城下町のごとき丘と空が油絵のごとき美しい風景となって切り取られているのである。

もちろんこのような住まいは、お金さえあれば誰とて難なく手に入れることができよう。しかし肝心なのは、これが信じられないくらいの格安物件であったということである。

何しろ私に払える家賃はひどく限られていた。節電生活の挙げ句に（というかもちろん理由はそれだけではないが）会社まで辞めることになり、高給取りから一転、失業の身となったからだ。生涯初の「ステップダウン」を覚悟し、これからどのような暮らしが始まるのかと怯《おび》えながら、眉間に深いシワを寄せ新たな住処《すみか》を探していた。

そこへ現れたこの夢のような家である。

もちろん格安の家賃には理由がある。

築45年という、いわゆる「レトロ（老朽）物件」。しかも建設当時からほとんどリフォームされていない。当時の暮らしはまだまだ貧しかったと見え、部屋にはなんと冷蔵庫置き場もなければ洗濯機置き場もない。さらに収納もゼロ。押入れもクローゼットも靴箱もガスコンロもない。イマドキどんな安アパートでもここまで何もないのは珍しい。

案内してくれた不動産屋さんは、申し訳なさそうに「ここで暮らすのは難しいのでは」と案じておられた。

いやいやいやいや！　私、住めますよここ！

いやー、参りました。奇跡というのは本当に起きるのだ。

だってこれ、まさに私のための物件じゃないですか！

私は冷蔵庫も洗濯機もテレビも持っていない。さらに言えば炊飯器も電子レンジも掃除機もドライヤーも扇風機もホットカーペットもコタツも、とにかく収納しなきゃいけないようなデカイ家電製品は一切所有していない。もっと言わせていただければ洋服もフランス人レベル（10着）しかないし、本と食器も新入社員時代に中古家具屋で買った本棚一個にスッカスカに収まる程度である。

そんな私の他に、この美しい物件を住みこなすことができる人は現代ニッポンにおいてそうそう存在しないのではないだろうか？


かくして、私はこの素晴らしい空中庭園に身を置く権利を得たのである。

まったくもって人生は何が身を助けるかわからない。まるで私のためにこの家が待ってくれていたかのようだ。

そして、これはどこかで聞いたことのあるストーリーではないか。

……そうだあれだ！　シンデレラ！

シンデレラは小さな小さなガラスの靴を履くことができたので、お城で開かれたパーティーに招かれて、運命の王子様と出会ったのである。もちろん誰もがガラスの靴を履きたがった。強欲なシンデレラの二人の姉もチャレンジした。しかし足が大きくて入らなかった。

この素晴らしい家も同じではないか。

ここに住みたい人は多かろう。しかしこの家は「ガラスの靴」である。ほとんどの人は暮らしていくうえでの必需品が多すぎて、この部屋に入ることができない。しかし私は、原発事故を機に「必需品」なるものをほとんど手放してしまった。モノに対する執着を捨て去ったのだ。だからこの部屋に入ることができるのである。なるほどシンデレラのガラスの靴とは、欲の大きさを測る装置だったのか！

私は足のでかい子供であった。意地悪な姉ではなくシンデレラが幸せになるストーリーにワクワクする一方で、「足が大きくてガラスの靴が履けない」姉たちが、足を切ってまで靴を履こうとした場面には心がざわついた。私は王子様には会えない側の人間なのだと思った。

ところが私はいつの間にか、というか節電のおかげで、知らず知らずのうちに足を小さくすることに成功していたのである。

そう、人生は変えられる。

「待ってろよ王子様！」と叫ぶ51歳の春。

6

で、家電とはなんだったのか

（まさかの結論）

家電をやめたら会社まで

ここで改めて、超節電生活を極めた挙げ句、まさかの会社までも辞めることになってしまった経緯を手短に書いておきたい（注：言うまでもありませんがサラリーマンが会社を辞めるということは本当に大変なことでして、ちゃんと書き始めたらとても「手短」には済ませられません。実際、この件につきましてはこれはこれで一冊の本を書きました。詳しく知りたい方はそちらをお読みください）。

これまで延々と書いてきたように、家電製品のほとんどを手放すという事態は、私の生活だけでなく、精神状態と言いますか、物事の考え方を大きく変えてしまった。

つまりは、なきゃやっていけないものなんて、この世の中に果たして本当にあるんかいなという「危険なギモン」がふつふつと湧いてきたのである。

私が節電において手放したのは、つまるところ「電気」である。たかが電気、されど電気。私たちは知らず知らずのうちに、電気がなくては一日も生きていけないような暮らしぶりを身につけている。掃除も洗濯も食事も、つまりは衣食住という暮らしの基本において、家電はまるで空気のごとく、私たちの生活にがっちりと組み込まれているのである。

なので停電を経験するとほとんどの人が、いかに自分が電気がないと何もできないかにいちいち驚くことになる。現代人はプラグにつながれてようやく生命を維持していると言っても過言ではない。

しかし私は原発事故に背中を押され、その生命線を一つ一つ抜いていった。

恐る恐る。

ある意味死ぬんじゃないかと怯えながら。

しかし結果的に、なんとかなってしまったのである。

しかも、あれほど「なきゃ生きていけない」と思っていたものが、驚いたことに「なきゃないでなんとかなった」。それどころか「意外に楽しい」、いや「実に面白い」、いやいや「ないほうがまったくもって清々しい」のだ。

それは私が頭の中でイメージしていたような、「節電＝我慢・忍耐」というようなシロモノとはまったく次元の違う世界であった。はてこれはいったいどうしたことかと考えていて、次第にあるイメージがくっきりと浮かんできたのである。

便利なものに囲まれていた私の暮らしは、いわば、必要な栄養や薬を補給してくれるたくさんのチューブにつながれた重病人のようなものだったのではないか。チューブにつながれている限りは生命を長らえることができる。安心である。その代わり、ベッドから片時も離れることはできない。

私がやってきたことは、このチューブを一つ一つ抜いていく作業であった。まさに決死の覚悟で。でも、思い切ってやってのけたのだ。そして何が起きたか。

私はベッドから起き上がり、自由に歩き回れるようになったのである。

そう、「自由」。

それまで私はずっと、自由とはお金をたくさん手に入れて好きなものを手に入れることだと思っていた。でも本当の自由って、もしかしてそんなもんじゃなかったんじゃないか？

「何かを手に入れなければ幸せになれない」という思い込みは、振り返ってみれば自由どころか不安と不満の源泉であった。なぜなら、何かを手に入れてもすぐに次の「欲しいもの」が現れるからだ。いつまで経ってもゴールはない。

本当の自由とは、その思い込みを脱すること、すなわち「なくてもやっていける」自分を発見すること。もう何も追いかけなくていいんだと知ること。それこそが自由だったんじゃないか。

でもみんな、そんなふうには考えない。だから私のことを「えらい」とか「頑張ってる」とか「我慢して可哀想」だと思っている。だから超節電生活も「いつまでやるの？」と真面目に心配してくださる。

でも「やめる」なんてありえないのだ。仮に、1億円あげるから冷蔵庫を使ってちょうだいと頼まれても、私はもうなんの迷いもなくきっぱりと断るであろう。いやホント！　だってそれは、せっかく牢獄から脱出したのに再び手錠をかけられにいくような行為である。

そんなことがどうしてできるだろう？

で、ふと気づくと私の視線は次のプラグに向けられていた。

そう、「会社」という巨大なプラグに。

つまりは「電気」という必需品だけでなく、「給料」という超必需品をも手放してみようと思ったのである（まあ乱暴ですね）。

その結果どうなったか。結論を出すのはまだ早いかもしれない。しかし今のところ、「なきゃないでなんとかなる」。いやそれどころか「意外に楽しい」、いや「実に面白い」、いやいや「ないほうがまったくもって清々しい」……ところまで行けるだろうか？

でも実を言うと、きっと行けるに違いない、そんな気がしているんだよね。

家電は女性を解放したのか

そんなこんなで電気も給料もない「清貧生活」をスタートしておよそ半年が経った夏のある日、夏休みの自由研究の題材にしたいからと、中学2年生の姪っ子が我が家の取材にやってきた。ふうん。今も自由研究なんてあるんですね。

なになに、レジュメをチラ見したら「叔母がケチケチ生活を送っていると知って興味を持った」とある。なぬっ、ケチですと？　思わずムッとしたが相手は所詮中学生である。まだ人生というものを知らないのであろう。人生を知っている私はもちろん、にこやかに、すっきりとした我が家を案内してあげましたとも。

ちなみに、今我が家にある家電は、電灯、ラジオ、パソコン、携帯。以上である。もはやほとんど「電池でやっていける」レベルと言えよう。電気代は月に１５０円ちょっと。いやー、我ながらよくぞここまで辿り着きました。

で、そう人に話すと、「えーっ！」「どうやって生きてるわけ？」と盛大に驚愕されるのだが、驚くのはまだ早い。会社を辞めて移り住んだ新居の狭さと「収納ゼロ」というまさかの事態に、服やら靴やら食器やら本やら化粧品やら、家電だけでなくとにかく身の回りのあらゆるものをほとんど手放した。

さらにはガス契約も止めてしまった。銭湯生活が当たり前になると、これはもしやカセットコンロで料理をすれば契約なしでもなんとかなるのではと思いついたのだ。で、実際のところまったくもってなんとかなったのである。しかしまさか我が人生において「ガス契約をしない」なんてことが起きるとはね。本当に人生とはわからないものです。

で、これを「ケチケチ生活」と評した姪。まあ確かに他にどう表現していいのかわからないよね。いいんですよ別に。その代わりってわけじゃないけど、まあこういう機会もめったにないだろうし、せっかくなので掃除、洗濯、調理など一通りの作業をやってもらうことにする。

緊張や遠慮もあったんだろうが、家では決してやらないであろう「汚れ仕事」も文句一つ言わずにモクモクと取り組む我が姪。健気であります。しかしあまりにも動きがぎこちない。たまらず、橋田壽賀子ドラマに出てくる姑のごとく「お小言」を連発する私。「もっとスナップを利かせて!」(ハタキ)、「四角い部屋を丸く掃いちゃダメ!」(ほうき)、「絞る時はきちんとたたんでから!」(洗濯)。

そうなんです。彼女にとってはすべてが「初めて」のことなのだ。考えてみれば当たり前ですよね。この完成された便利社会に生まれ育った姪は、「手でやる家事」というものをまったくしたことがないのでありました。

それでも物珍しさも手伝ったのか、お小言に機嫌を損ねることもなく、我が暮らしぶりに素直に関心を抱いたらしかった。というのも彼女の家はモノが溢れ返っているのだ。なので超閑散とした我が家には心から驚いたようで、「私も使わないモノがたくさんある」「捨てたい」と言い出した。「お母さんも着ない洋服とか山ほどあるじゃん」と、矛先は同行した我が姉にも向かう。

思わずムッとする姉。姉は捨てることが苦手なのだ。嫌なのだ。「もったいない」「そんなこと言うんだったらまずあのわけのわかんないアニメグッズとか捨てなさ

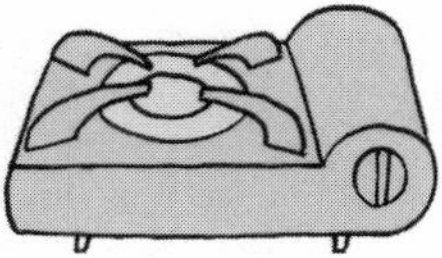

い」などと言い始めた。この辺りから微妙な空気が流れ始める。「文句言うんだったら、まず自分のことは自分でやってからにして」「他人に怒りの矛先を向けるのはやめなさい。お父さんもいっつもそうなんだから……」。ありゃなんだか妙な方向に話が向かい始めたぞ。姪っ子も黙っていない。「だって使わないんだもん」「無駄じゃん」。いやいやいや、おそらくどっちもどっちなんだと思うよ……。巻き込まれて時間を取られてもかなわないので、まあまあとなだめて退散していただく。

それにしても、姉宅ではどうも家事は姉が一手に引き受けているようだ。専業主婦だから当然ということなのだろうか。姉自身もそれを嫌だとは思ってないんだと思う。しかし子供を二人抱えて大変であろうことは容易に想像がつく。しかも文句を言われるとなれば黙っていられないのでしょう。「そんなに言うなら自分のことは自分でやりなさい」と言いたい気持ちは私にもわかります。

で、そんな姉が、姪の「取材」の合間にふと発した質問にちょっと虚をつかれた。

家電とはそもそも、女性の負担を減らすためのものだったのではないか？

家電が登場したことで女性の社会進出も進んだのではないか？　すなわち家電は女

性を解放したのではないか？
その家電を否定して暮らすということは、どうなのか。
なるほど。確かにそうだ。

「家電の子」に生まれて

前にも書いたように、私は高度成長期のサラリーマン家庭で育った。そして、父の勤務先は家電メーカーであった。つまり私は「家電の子」なのである。なので、普通の人以上に家電に関心と親しみを抱いてきたと思う。

なんと言っても、我が家には私が子供の頃から最新式の家電がいち早く導入された。それが当たり前であった。というより導入せざるをえなかったのだ。父の会社には、ボーナスのうち一定の割合で必ず自社製品を買うべしという決まりがあった。今から思えばとんでもない決まりだと思うが、当初はそれを「恩恵」だと思っていた。なぜならカラーテレビ、全自動洗濯機、電子レンジ……この辺りが次々と登場した頃までは、確かに家電というものは文句なしにピカピカと光り輝いていて、どの家よりも早く新製品を買うということは、心からの楽しみだったからだ。

さらに、これから大人になっていく女の子にとっても、家電の進歩は希望そのものだった。時代は、女性が本格的に社会進出をしていく黎明期。女性が男性と肩を並べて働くには、なんと言っても「家事の重荷」から解放されることが必要であった。その時代の扉を開くのが家電なのだ。家電の子にとって、それは誇りでもあった。

そうして実際に、私は多くの家電のお世話になりながら、男性と肩を並べて就職し、曲がりなりにも30年近くサラリーマン人生を勤め上げてきたのである。

ところがその私が、そうして散々世話になってきた家電をほぼすべて手放してしまった。それればかりかその生活ぶりがテレビなどで取り上げられ、いい気になっているのである。同じく家電の子である姉に、「それってどうなんだ！」と詰め寄られて当然である。

うーん。確かにどうしてこんなことになっちゃったんだろう。

胸に手を当てて考えてみる。

私は本当に、家電によって解放されて生きてきたのだろうか。そもそも家電の存在は女性を解放したのだろうか。

……。

改めて考えて、恐ろしいことに気づいた。

「女性を解放したかどうか」以前に、そもそも家電は家事を楽にしたのだろうか？

うーん。

うーん。

ここを認めてしまっては元も子もない。いやさすがにここは認めたくない。

何しろ私は家電の子なのだ。

しかし……。

家電を手放したら家事時間が減った?

うすうす「おかしいな」とは思っていたのだ。

これまでさんざん書いてきた通り、原発事故をきっかけに始めた節電がどうにも止まらなくなってしまい、ついには電灯とラジオとパソコンと携帯以外の家電を手放して江戸時代のような暮らしを始めた私。その結果として、普通に考えれば当然、家事の負担は大変なことになるはずだ。

だがどうもそうなっていないのである。いやもっとはっきり言えば、まったく大変じゃない。いやむしろ楽になった気さえする。

具体的に言えば、掃除も洗濯もほうきと手洗いでチャチャッと終えてしまうので、それぞれ10分程度しかかからない。さらに料理も基本は「飯&味噌汁」の世界なので、やはり一食あたり調理時間は10分程度だ。

これはいったいどうしたことか。あまりにも道理に合わないではないか。

なので最初は、それはそもそも私が家電をきちんと使いこなしていなかったせいだと思い込もうとした。うん、確かに私が持っていた家電は骨董品と言ってもいいような製品ばかりだったしな。案外物持ちの良い性格らしく、30年近く前に一人暮らしを始めた時に買った家電をずっと使い続けていたのである。

時代はどんどん進化している。最新の家電を使いこなしている人は、もっと効率的に家事をこなしているに違いない。

ところが、である。

私は偶然、とある数字を目にしてしまった。

某就活雑誌から取材を受けることになり、事前の資料としてバックナンバーを何冊かいただいた。その中に、働く女性の家事負担がなかなか減らないことを指摘する記事が載っていた。ふむふむと読んでいると、なんと総務省の調査では、女性が家事にかける時間は1日平均2時間半を超える（子育て時間は別）というではないか！

ナナ、なんですと？　もちろん、我が家と違って、現代のほとんどの家庭には様々な家電がある。さらに掃除ロボットや食器洗い機を使っている家庭も増えている中での数字である。

ちなみに男性が家事にかける時間は1日18分！　イクメンブームとか弁当男子とか騒がれている割には、世の中の意識はまったく変化していないことに呆れるばかりだ。まあそのことはここでは置いておくとして、つまりは夫婦合わせると3時間近い時間を家事に費やしているということになる。

いやあ、びっくりです！

なぜなら私が日々家事に費やしている時間は先ほども書いたように、掃除10分、洗濯10分、昼食10分、夕食10分といったところで、つまりは合計40分。幅を持たせるとしても1時間に届くことはない。そして、しつこいようだが家電は一切使っていないのである。それだけじゃない。我が家は家電を使っていた時代よりずっと片付いている。つまり家事時間が減っただけじゃなくて、その成果は高まっている。つまりは家電を使わないほうが家事が効率化しているのだ。

「それは一人暮らしだからでしょう」と言われるかもしれない。確かに一家の主婦と独身者とでは家事の負担には少なからぬ差があることは間違いない。にしても、この時間の差はあまりにも大きすぎやしないか。それに、自分自身の過去と現在を比べてみても、「家電があった時代」より今のほうが家事の負担感は減っているのだ。

いやー、もしかして……。

家電……全然家事を楽にしてないんじゃないの!?

いやむしろ負担を増やしてるんじゃないかという疑惑が!

驚きのデータはまだある。同じ調査で、この10年、女性が家事にかける時間はまったく減っていないことがわかったという。家電はどんどん進化しているのに、である。
やっぱり家電、全然女性を家事から解放してないじゃん！
うーん。
いったいなぜ、こんなことになってしまったのか？
かつて稲垣家が、心から家電の導入に沸いていた日々はいったいなんだったのか？
我々は何かに騙《だま》されていたのか？
それともいつの間にか、何かがどこかで「違って」しまったのだろうか？

改めて我が家電人生を振り返る

ここで、少し昔話にお付き合いいただこうと思います。
私の父は、家電販売会社の営業マンでした。
私が子供の頃、家電は売れに売れまくっていました。戦後の何もない時代を経て、テレビ、冷蔵庫、洗濯機が「三種の神器」と呼ばれ、便利なものを次々と手に入れて豊かになっていこうとする人々のエネルギーが渦巻いていた時代です。つまりは新製品を手に入れることが、間違いなく「豊かさ」に直結すると考えられていたのです。

もちろん、その恩恵を受け、生活の糧を得ていた稲垣家とて同様でした。……いや同様じゃないな、稲垣家にとっては家電はアイデンティティーそのものであったと言ってもいい。社員割引で新製品が普通の人より安く手に入ったため、決して裕福ではなかった木造平屋のジメジメした小さな社宅に、家電の新製品だけはどんなオカネモチの友達の家よりいち早く導入されたのです。

記憶を辿ると、最初の強烈な体験は、近所のどの家よりも早くカラーテレビが我が家にやってきたことでした。広大なお屋敷に住む友達が、皆こぞってボロい我が家にカラーテレビを見に来たことは子供心にも大いなる誇りであったことを今もよく覚えている。

あの頃の家電は、それほどのスター性に溢れていた。新たな機能が追加されたり、新しい製品が出たりするたびに、人々の暮らしを一変させるようなワクワクに満ち溢れていました。

白黒の映像がカラーになっただけじゃありません。洗濯と脱水の二槽式だった洗濯機が「全自動」になり、何はともあれ洗濯物と洗剤をぶっこんでスイッチ一つ押せばもう全部の作業がおしまいになったこと。冷凍冷蔵庫の登場で冷凍庫にみっしりとついていた霜がつかなくなったこと。「ジューサー」「ミキサー」が登場し、家で野菜や果物を使ってジュースが作れるようになったこと。電気毛布が登場して、寒い冬でも布団に入る瞬間が全然辛くなくなったこと。

どれもこれも子供心に夢のような出来事ばかりでした。

電子レンジという魔法

そして、なんと言っても電子レンジの登場！　それは「魔法」としか思えないほどのインパクトがある出来事だったのです。

当時は、家電会社が新製品の使い方を一般消費者にアピールする「展示会」というものがありました。特に電子レンジは今までにない概念の製品だったせいか大々的な展示会が開かれ、それはもしかすると父の晴れ舞台だったのかもしれません。稲垣家はこぞってよそ行きの洋服を身にまとい、電子レンジの展示会へと出かけたのです。
小学生だった私にとって、それはまさに未来の世界でした。

コンパニオンの制服を着たきれいなお姉さんたちが満面の笑顔で来場者を迎えます。会場のあちこちに置かれた四角い箱（電子レンジ）を使って、彼女たちはまるで手品のように、洒落た西洋のお料理やらケーキやら、いろんなものを次から次へと出してくれるのです。

今から思えば、それは様々な複雑な下ごしらえをしたうえで最終的に電子レンジから出てきただけのことですが、当時は本当に魔法の箱があって、おまじないとか呪文とかを唱えればいろんなものがその箱から自動的に飛び出してくるかのように思っていました。

中でも一番衝撃を受けたのが「おしぼり」（笑）。会場入り口で、まずは入場者全員にレンジでチンしたホカホカのおしぼりがきれいなお姉さんから配られたのですが、稲垣家のごく庶民的な日常生活においては「おしぼり」などというものが登場したことはついぞなかったため、小学生だった私は「電子レンジがあると家でおしぼりが出る生活が始まるんだ！」という見当はずれな感動に心を奪われてしまい、心の底から世の中の進歩というものに感心したのでした。

しかし、このカンチガイはあながち間違いでもなかったと思うのです。

「電化で築く家庭の幸福」

これが、父が勤めていた会社の当時の合言葉だったそうです。そのピークがこの電子レンジの登場だったのではないでしょうか。

単に「家事が楽」になるだけじゃない。

新製品を手に入れたら夢の暮らしが手に入る。

平凡な日常がテレビドラマみたいな世界に一変する。

その象徴が、私の中では「おしぼりが出てくる暮らし」だったのだと思うのです。

展示会の後、もちろん我が家にはすぐさま電子レンジが導入されました。これで我が家にも「未来の暮らし」が訪れるはずでしたが、実際には魔法の箱は思った以上に気難しい存在で、ご飯を温めるとカピカピに乾燥してなんだか妙な匂いがするし、冷凍肉を解凍すると中はまだ凍っているのに表面の一部だけが焼けたようになってしまうし、食品を覆うラップはグニュッとひきつれたようになって気味が悪いし、金属の器は入れちゃいけないなど決まりごとも多くて、夢はやはり簡単には手に入らないものだった。

結局、我が家のレンジはほどなく、単に「冷凍したご飯やら肉やらを種々の不満を抱きながらもなんとか解凍するハコ」と化し、もちろん熱いおしぼりが出てくることなど一度もないまま日々は過ぎていったのですが、それでも我が家の暮らしは確実に、大きく変わりました。

いつでも素早く解凍できる機会を得たことで「冷凍」という習慣が持ち込まれ、買いすぎても作りすぎても「とりあえず冷凍しとけばいい」という発想が生まれた。それは、それまでの生活にはなかった選択肢でした。

それは決して派手ではなかったけれど、冷蔵庫とセットになり、暮らしの中にがっちりと根を下ろしていったのです。家に貯蔵される食料はどんどん増え、冷蔵庫もみるみる大型化した。レンジ以前は、家庭の台所は「購入→短期貯蔵→使用」というサイクルで回っていたのが、レンジの登場で「購入→超長期貯蔵→使用」というサイクルへと変わったのです。

つまりは、電子レンジという存在は、暮らしの「サイズ」を大きくした。暮らしの可能性を広げたと言ってもいい。

それを我々は「豊かさ」と呼びました。

次第に増えた「謎の家電」

しかし思えばこの頃から、我が家は少しずつ、次から次へとやってくる家電の新製品を持て余すようになってきました。

社員割引で新製品が買えると単純に喜んでいた時代は今思えば一瞬のことで、そのうち、ボーナスの何割かは自社製品を買わねばならぬという義務がだんだん重荷になってきたのです。というのも、三種の神器が行き渡った後は、家電に「できること」はどんどん細分化し、専門化し、マニアック化し、「いや、そこまでしてもらわなくても……」ということが増えてきたからです。

子供心にも「どうなんだこれ」というものが次々と登場するようになった。

もちつき器やパン焼き器は、届いて包みを開ける時は「わー」っと盛り上がるのですが、冷静に考えてみれば、そもそもそんなに毎日つきたての餅や焼きたてのパンを食べたいわけじゃない。しかも結構な時間がかかる割には微妙な仕上がりで、考えてみりゃ餅もパンもちゃんとしたプロが作るものが普通に売られているのです。なので数回は試してみるのですが、すぐに「お蔵入り」となって物置行きです。

そんな中でも特に忘れられないのが「ゆで卵器」でした。包みを開けた瞬間「どうなんだ……」と家族全員の間に微妙な空気が流れた。炊飯器並みのでかい装置が、ただただゆで卵を茹でるだけのために存在するのです。スイッチ一つで「半熟」だの「かた茹で」だのと仕上がりを調整できた気がしますが、いやいや時間を計ってお湯で普通に作ればいいじゃん！　と子供心に突っ込まざるをえませんでした。案の定、ことここに至っては一度も使われることなく「お蔵入り」となったのです。

それでも、ボーナスが出るたびに家電製品を次から次へと買わねばなりません。こうなるとほとんど「嫌がらせ」の域に近い。なけなしの収入をなんでわざわざそんな要らないものを買うために使わなきゃいけないんだ！　という不満がたまるようになりました。会社の売り上げも当然のことながら陰りが見え始め、この頃から父の権威も少しずつ落ち始めたのかもしれない。

欲望をひねり出す時代

脚本家の倉本聰さんと対談させていただいた時、「電通戦略十訓」というものを教えていただき、実に感慨深い思いに打たれたのでご紹介しようと思います。

もっと使わせろ
捨てさせろ
無駄使いさせろ
季節を忘れさせろ
贈り物をさせろ
組み合わせで買わせろ
きっかけを投じろ

流行遅れにさせろ
気安く買わせろ
混乱をつくり出せ

もちろん電通とは日本最大の広告代理店です。この標語が作られたのは1970年代だそうですから、まさに高度成長期の真っ只中です。

これを聞いた時、私はとても複雑な気持ちになりました。1970年代と言えば、我が家は新しい家電の到着にまだまだ単純に喜んでいた時代です。我が家だけでなく、ほとんどの人が「ものを手に入れたら幸せになれる」と単純に信じていたと思います。それでも、ものを売り込むプロにはその限界が冷徹に見えていたのでしょう。

人が生きていくのに必要なものなんて、本当はそんなに多くない。でもそれでは、みんなが必要なものを手に入れてしまったらものが売れなくなってしまう。それでは困る。だからこそ、人々に「まだまだ足りない」と際限なく思わせ続けなければならない。

つまりは欲をどこまでも拡大させる。それこそが経済を活性化させる重要な鍵なのだという事実を、これほどまでにわかりやすく表現したものがあるでしょうか。

電子レンジの登場が一つのターニングポイントだったと書きました。思えばあの頃、いわゆる「生きていくために必要なもの」はあらかた満たされてしまったのでしょう。だからこそ電子レンジという新たな「欲望拡大装置」が必要だったのです。

つまりは、家電は「なんでも売れる」という時代は終わり、人々の隠れた欲望を、さらには隠れてすらいなかった欲望すらも顕在化させる競争が始まったのだと思うのです。つまりは欲望を「ひねり出す」競争。

で、我が家電メーカー、頑張ったと思います！

確かに「ゆで卵器」はダメだった。それでも諦めず、電気ポットとか温水便座とか空気清浄機とか加湿器とかＩＨクッキングヒーターとか大型テレビとか、それまで人々が考えてもみなかった「便利」「快適」を懸命に作り出していきました。こうして、誰も「必要」だとすら考えてもみなかったものが、次々と「必要」だということになっていった。「あなたはまだ満たされていない」というメッセージが世の中に溢れ、「確かにまだまだ足りない」と思い続けた人々は、買っても買っても買うことをやめませんでした。

それが「経済成長」だったのだと思います。

で、我々は幸せになったのでしょうか？

確かに幸せになったのかもしれません。ものが増える。できることが増える。それはもちろん豊かなことです。でも同時に、我々の暮らしはどんどん大きく、複雑になっていったんじゃないか。できることが増えるということは、やらなければならないことが増えることでもある。そしていつの間にか、みんな、何がやりたいことで、何がやらなきゃいけないことなのかもわからなくなってきている。ものが増えるほどに時間がなくなっていく。それでもネットや雑誌やテレビや、あらゆる媒体が、今も「あなたはまだまだ満たされていない」とメッセージを発し続けている。「これさえ手に入れれば幸せになれる」のだと。

そして今私たちは、「電通戦略十訓」がいみじくも喝破したように、まさに「作り出された混乱」の只中にいるのではないでしょうか。

パンパンに膨らんだ風船

そう考えてみると、そうやって欲を刺激されひたすら買い込んできた家電を、ひょんなことからきれいさっぱり手放してしまった私が今、どうしてこんなに楽なのかがうっすらと見えてくる気がします。

それは家電を捨てたからというよりも、それによって「家電が膨らませていた欲」も捨てざるをえなかったからなんじゃないか。


たとえば冷蔵庫を捨てたら、家にある食品の量は格段に減りました。いうまでもなく冷蔵庫（冷凍庫）がなければ保管することができないからです。

そうしたら、料理がどんどん単純になりました。その日食べるものはその日に買って調理するので、あれこれ複雑な料理を作っていたら時間がいくらあっても足りないからです。で、毎日同じようなものばかり食べるようになった。ご飯。味噌汁。漬物。あと煮物を一品。江戸時代みたいな食事ですが、こうなると調理にかける時間も格段

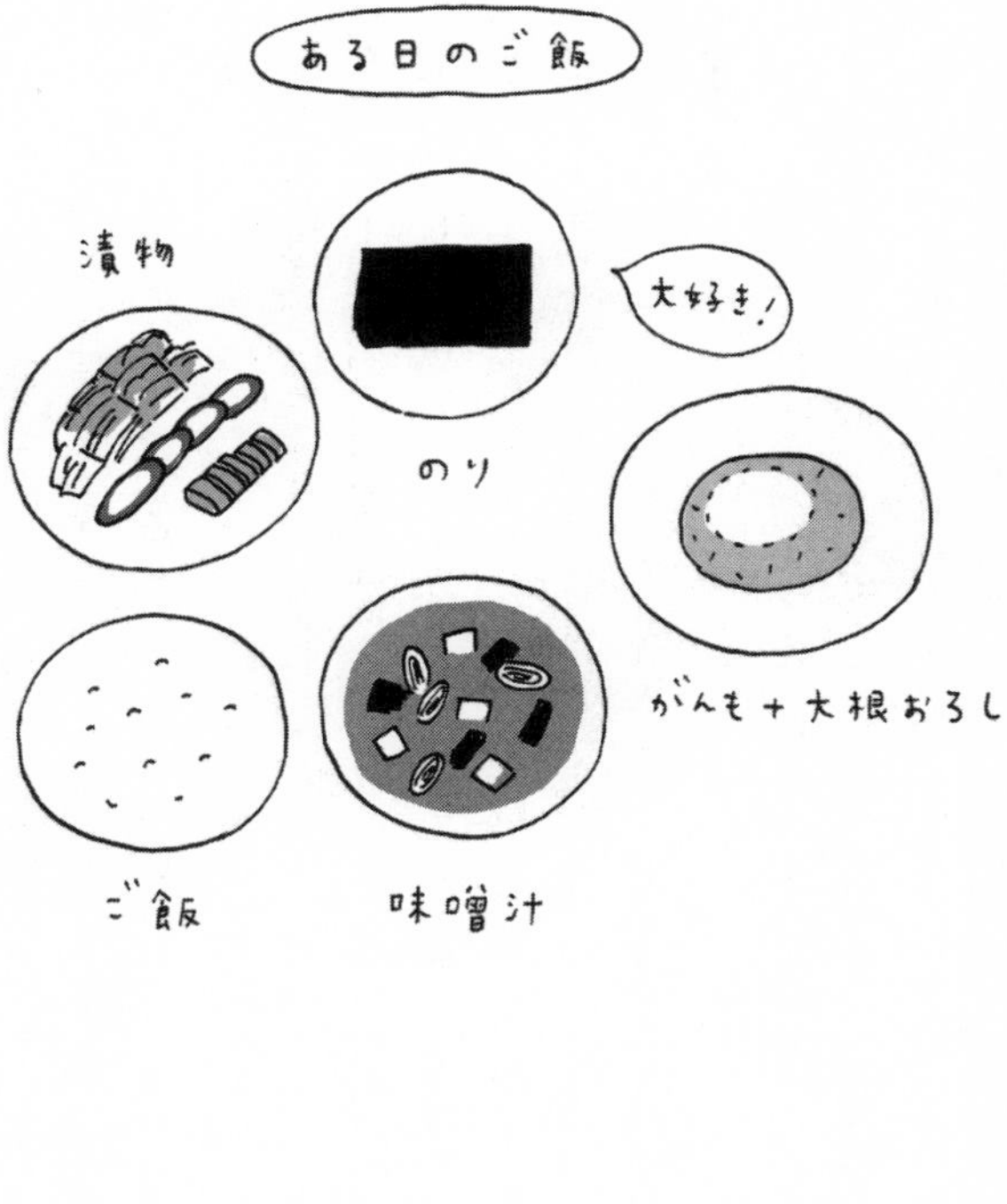
ある日のご飯
漬物
のり
大好き!
がんも+大根おろし
ご飯
味噌汁

に短くなる。

で、やってみたらこれで十分幸せなんですよね。驚いたことに。物足りなくもないし惨めでもない。むしろ「美味しすぎない」からこそ毎日食べてもまったく飽きない。

考えてみればこれは実に偉大なメニューで、世に「ご馳走」は多々あれど、そういう食べ物ってなかなかないです。例えば毎日高級寿司を食べろって言われたら、どうでしょうかね？ 最初は嬉しいと思いますよそりゃあ！ でも実際にそうなってみれば実は嬉しいのは最初だけで、1週間もすれば見るのも嫌になるはずです。それは「美味しすぎる」から。美味しすぎるものは毎日は食べられません。ご馳走ってたまに食べるから美味しいんであって、毎日食べても飽きないものにはそれとは別の偉大な価値があるんですよね。

そう気づいたら、もし凝ったご馳走を食べたくなれば外食すればいいんだとあっさり割り切れるようになりました。しかしこれがまたそうなってみると、わざわざ外食をしてまで「凝ったもの」を食べたいかどうかすら怪しくなってきた。それは家で「いつもの地味なご飯」を食べるのが一番落ち着くし、体調もいいし、結局はそういうものが一番「美味しい」んじゃないかと気づいてしまったからです。そうなるとね、やっぱり豊かさってなんだったんだろうと思わざるをえないわけです。これまで山のようにレシピ本を買い、珍しい香辛料や調味料を取り揃え、「世界の料理」を作っていた。それは確かに豊かで楽しいことでした。しかし、その陰で見向きもしてこなかった「ケの食事」のこれほどまでの美味しさ、偉大さにはついぞ気づくことなく過ごしてきたわけです。で、それはいったいなぜだったのかと。

で、それはね、冷蔵庫という魔法にかけられていたせいなんじゃないかと思うわけです。山のような食材が常にある。作り置きもできる。そうなればどんな料理も作ることができる。それがいつの間にか、複雑な料理を作ることが当たり前で、そうでなければ惨めだとかサボっているかのような固定観念につながっていったんじゃないか。

冷蔵庫だけじゃありません。

洗濯機を捨てたら、タオルやら下着やら布巾やらの量も格段に減りました。

手で洗うと大量のものを一気に洗うことができないので、その日の汚れ物はその日に洗うようになった。結果、予備のストックを持つ必要がなくなったからです。

量だけじゃなくて中身も変わりました。

手で洗ったり絞ったりできないものは、文字通り「手に負えない」からです。だからバスタオルは躊躇なく処分。あれを毎日洗って絞るなんてとてもじゃないけど無理だもん。改めて考えてみれば小さなタオル一枚あれば体を洗うのも拭くのも十分。それもね、ホテルにあるみたいなフカフカの高級タオルはいらない。そりゃ確かにふわっとした高級感に一瞬癒されるかもしれませんが、あの分厚い布を手で絞る手間と労力を考えたらそんな一瞬の癒しなどナンボのもんじゃと思わざるをえません。梅雨の時期とか全然乾かないし。

そう思うと、昔ながらの温泉旅館のペラペラタオルで十分なんです。つまりはああいうフカフカ高級タオルって、洗濯機とか乾燥機とかの存在が前提なんですよね。ニワトリが先なのか卵が先なのかわからないけれど、こうして雪だるま式にモノがモノを増やしていく。

それにね、よくよく考えたら、そもそも真冬の寒い時期、汗もかかないのにシャツとか毎日洗わなくてもいいじゃないかと。汚れたら、洗う、でいいじゃん。というわけで、毎日脱いだものを「クンクン」とかぐことが習慣になりました（笑）。そもそも冬は洗濯物が乾きにくいから、考えてみたらこれってすごく合理的です。でも洗濯機があるとそんなこと考えもしない。汚れたかどうかに関係なく、とにかく着たら洗う。でも手で洗うとそんなことすらも根本から考え直さざるをえません。で、案外とそれで十分だったりするわけです。

とはいえ「あの人、なんか臭うよね」などと噂されてはいけないので、もう真剣に「クンクン」しています。なので私の人生はすでに後半戦に突入しましたが、きっと嗅覚はこれからまだまだ発達していくのではないかと期待しています。いやこれは冗談じゃなく、実際のところ便利なものを手放したら自分の生物としての能力が次々と「復活」しているのに気づいて驚くことが少なくありません。例えばこの夏は、夜寝ている時「プーン」と顔にまとわりつく蚊の羽が巻き起こす一陣の風に涼しさを感じて我ながら驚きました。便利は人を退化させ、不便は人を進化させるのであります。

……やや話が脱線しましたが、そんなことを一つ一つ見直していくと、自分が暮らしていくのに必要なものはどこまでも小さくなっていくばかりなのです。

それは、パンパンに膨らんでいた風船にプシューっと穴があいたような感じでした。

毎日脱いだものを
「クンクン」とかぐことが
習慣になりました（笑）。

風船はシュルシュルとしぼんだわけです。もう自分を大きく見せることはできない。でも、それでいいじゃないかと。必要以上に自分を大きく見せなくたっていいんじゃないかと。

これまでずっと、それはみじめなこと、寂しいことなんだと思っていた。言い換えれば、私は私の寂しさを覆い隠すために、みじめな自分をみじめじゃない存在にするために、身の回りを様々なものたちで覆い固めて膨らませていたのかもしれません。

ところが我ながらまったく驚いたというか拍子抜けしたというか、もともとの小さな自分に戻ってみたら、それが思いのほか楽で、安心で、これまで感じたことのないような、まるで心に風が吹くような感じがした。

つまりですね、自分はすでに「足りていた」んです。今もうすでに十分すぎるほどのものを持っていたんだと。で、足りないものなんて何もないんだとわかったんだと思う。そうなってみると、これまでいくら断捨離ブームと言われようがなんと言われようがどうしても捨てられなかった山ほどの洋服も本も調味料も鍋も化粧品も家具も、その他私の暮らしを豊かに彩っていたものたちが、一転して「そんなにいらないじゃん」というお坊さんのような心境になり、そうしたらもう小さな家で十分だってことになり、引っ越した先は、収納も家電置き場もないハコみたいな家。荷物は本当に少なくて、引越し代は1万6000円です。そして、家が狭くてモノがなければ掃除もびっくりするほど単純で楽。

つまりは、家電を捨てたら、家電が膨らませていた欲も一気にしぼみ、そうしたら家事なんて本当にシンプルで単純で、わざわざ電気の力をお借りするまでもないのです。

「便利」に人生を盗まれる

こうして振り返ってみると、電気とは欲望を解放させる装置だったのかもしれません。

欲は、いったん膨らませてしまうとどこまでも暴走する。そうして膨張した「できること」は、いつの間にか暮らしをどんどん複雑にして、人の時間も空間も支配するようになったんじゃないか。

家電がもたらしたものはまだあります。

家電を手に入れることが暮らしに与えた影響はあまりにもキラキラと華やかだったが故に、「何かを手に入れれば豊かになる」という考え方が急速に当たり前になったのではないでしょうか。それはどんどんエスカレートして、「何かを手に入れれば問題が解決する」、ひいては「問題を解決するためには何かを手に入れなければならない」という考え方につながっていったように思うのです。

どの家も、家電だけじゃなくて、今やあらゆるものが溢れてパンパンです。こうしてさらに暮らしは複雑になっていく。多すぎるモノはだんだん、人々の手に負えなくなってくる。

我が親、すなわち「家電の親」の暮らしを見ていると、痛いほどそのことを感じます。

間の悪いことに、両親の衰えと歩調を合わせるように、我が実家で長年使ってきた家電が次々と故障し始めました。

最初に壊れたのは電子レンジです。新しくやってきたレンジは恐ろしくたくさんの機能が搭載され、ただ何かを解凍したいだけなのに、それまでのレンジみたいに「スイッチ一つ」では動いてくれませんでした。元家電マンであった父ですらお手上げで、記憶の怪しくなり始めた母が料理を億劫《おっくう》がる原因の一つとなってしまいました。

次はインターホンの受信装置です。これは壊れたわけじゃなかったのに、老朽化を理由にマンションの管理組合が交換を決めました。古い製品では「ピンポン」と鳴ったら受話器をガチャリと取ればよかったのですが、新しい製品では受話器はなくなり、左右に並んだ二つのボタンを的確に操作しなければ応答できなくなりました。

母は次第にインターホンを敬遠するようになり、私がチャイムを押してもなかなか応答が返ってこないのです。訪問するたびにその所要時間は長くなっていく一方です。で、ようやく「ハイ」と返事があったと思ったらガチャガチャと不穏な音。電源の切り方がわからずパニックになっている母の様子が伝わってくる。私はそれを聞くたびにムラムラと腹が立って仕方がない。インターホンって家の内と外をつなぐ命綱ですよ。いつ何があるかわからない老人にとって、それをちゃんと使えることがどれだけ大事なことか。いったい誰のための、なんのための新製品だというのでしょうか。

そしてついに、テレビが不調になりました。新しいテレビがやってきた時、ちょうどマンションの防音対策で新たな換気装置が取りつけられ、居間の机にはテレビ、ビデオ、エアコン、換気装置を操作する新旧多種多様のリモコンが溢れることになりました。どれがどのリモコンだか、もはや父ですら正確に把握することが難しくなっています。何かのスイッチを入れたり切ったりするたびに小さな騒動が繰り広げられるようになった。

つまり、もはや家電は「家事を楽にする道具」ではなくなっているのです。買ってもらうためには世の人の欲を喚起しなければならない。新しい機能がこれでもかと搭載された製品は、もはや、最も切実に家事を楽にしてほしいはずの老人には複雑すぎて手に負えないのです。これが「豊かさ」を追求してきた我々の成れの果てなのだろうか？　そう思うと、持って行き場のない怒りと悲しみを噛み締めざるをえません。

さらに記憶が乱れ始めた母は、新しい家電だけでなく、溢れ返ったモノたちに苦しめられるようになりました。

山のような洋服の中から、その日着たい服を取り出すのは一大事です。大量に持っていたレシピ本や切り抜きも管理するのが難しくなり、これまた大量に所有していた鍋や食器やカトラリーや調味料も、どの引き出しに何があるのやら把握が厳しくなってきた。

加えて日々山のように届く金融機関やデパートや役所や業者からの「重要なお知らせ」やら「万一の時の備え」やら「健康に不安があるあなたに」やらの宣伝物が散乱し始め、そのどれが本当に必要なものなのか、一つ一つ判断することが日に日に困難になっています。そうして溢れたモノの海の中で、母は一日中捜し物をするようになりました。どこに何があるのかを覚えておこうと懸命にメモを取るのですが、そのメモも大量のモノの山に埋もれてしまうのです。

私は帰省するたびに、母はモノに殺されてしまうんじゃないかと気が気ではなくなってきました。それでもモノは際限なく増えていくのです。

むしろそのスピードは増しているかもしれない。

両親はこれまでの人生でずっと、何かを手に入れることで様々な問題を解決してきたのです。だから、問題が起きるほどモノが増えていく。

台所には、買い物に行く時間がない時のためにと購入した多種多様のインスタント食品が溢れています。居間には、母の体力を少しでも強化しようと、握力を鍛える道具やら、やる気の出るアロマオイルやら、健康に関する様々な本や雑誌が所狭しと置いてある。そしてもちろん大量の薬。気持ちの薬。痛み止めの薬。母が様々な不調を訴えるたびに、父は母を連れて懸命に様々な専門医のもとを訪ねます。そのたびに薬は増える。そして、それをきちんと飲んだか飲んでいないかを確かめることがもはや困難になっている。

それでも両親はモノを買うことをやめません。大量の洋服を整理しきれなくなった母は混乱の末に「着る服がない」と訴え、父は「買ったらいい」と応じる。しかしもちろん、新たに買った服は溢れ返った服の波の中に埋もれてしまう。

そんな両親の家に滞在中、駅前のショッピングセンターへ夕食の買い物に出かけた私は、きらびやかに所狭しと展示されたモノの群れと、そこで買い物を楽しむ親子連れの人波の中で、ふと立ち尽くしてしまいました。

今ここにいる自分は、この世界から相手にされていないんだと思ったのです。

目の前にあるこの世界は、こういうきらびやかなモノを売ったり買ったりする人たちのためのものなのです。自分がその中をスイスイと泳いでいる時にはそれが当たり前だと思っていた。でも今、どうしようもなく困難な状況に立たされてみると、それはなんと冷たいものか。ここにあるどんなに高くて美しいものを買ったところで我が両親は救われないのです。救われるならどんなにいいでしょう。でも現実はそうじゃない。両親に必要なものはそれじゃあないのです。

私はここにいるけれど、いないも同然でした。ここは、我が家族のための世界ではなかった。それじゃあいったい、私たちのための世界はどこにあるというのだろう？

モノは結局のところ人を救うことはできないのではないでしょうか。消費社会とは、モノを売ったり買ったりすることができる健康で強い人たちのためのサークル活動です。それは一方で、本当に救いを求めている人たちをはじき出していく会員制クラブに成り果てている。だからみんなはじき出されまいと必死です。いつまでも若く健康で老いることなくポックリ死にたいと切ないばかりに誰もが願っている。でもそんなこと無理ですよ。それはみんなうすうすわかっているんです。だから誰もが恐怖の淵を怯えながら生きています。

これが戦後、懸命に働いて経済成長を成し遂げた日本の姿だったのか。いったいどうしてこんなことになってしまったのか。

理想は「寝たきり社会」なのか

そんなことを考えている時、今も次々と開発されている次世代の製品を紹介する新聞記事に目が留まりました。

単純にはモノが売れない中で、今注目なのは、すべての製品をインターネットでつなぎ、人工知能も絡めて「誰も経験したことのない便利な世の中」を作ることらしいのです。

『朝日新聞』「全てがネットにつながる時代（ニュースの本棚）」

２０１６年2月21日

「１９６９年の誕生以来、私たちの暮らしや仕事に必須となったインターネット。この便利なツールが今、新たなフェーズに突入しようとしている。それが『Internet of Things (IoT)』、つまり全てのモノがインターネットにつながる時代だ」

「たとえばペンや時計、あるいは衣服や眼鏡など見慣れた日用品が極小のコンピューター・プロセッサーを内蔵し、これらが通信ネットワークとつながることにより、互いに連係して私たちに奉仕するようになる」

「手強《てごわ》いのは標準化だ。たとえばＩｏＴの一例として『外出先から帰りがけにスマホで自宅のエアコンをつける』状況が考えられるが、ユーザーがそれらの製品を同一ブランドで統一することは珍しい」

これを読んで素直に「すごい！」とは思えない私がいるのです。いろいろなものが「私たちに奉仕するようになる」……それが当たり前に良いことのようにおっしゃっておられますが、そもそもこれ以上私たちは何かに奉仕をされることを望んでいるのでしょうか？　また望んでいたとしても、それを実現することが人々の幸せにつながるのでしょうか？

つまりはこれ以上、我々は欲望を解放させなければいけないのでしょうか。物事には限界があります。それでいいのではないでしょうか。限界があるからこそ、人は今この時を一生懸命生きようとするのです。限界を超えてなんでもできるようになる必要なんて本当にあるんでしょうか。で、そこまでしていったい何がしたいのかと思いきや、「外出先から帰りがけにスマホで部屋の外からエアコンをつけたい」と。

いやー、ちっちゃすぎる！

人の幸せって本当にそんなところにあるんでしょうか？　そうなれば人は本当に今よりも豊かになれるのでしょうか？　もしそうならば、私たちは今、なぜこれほどまでに便利を獲得しつつも不平と不満と怒りにまみれて生きているのでしょうか？

人間が「できること」を機械に譲り渡していくと、人間のすることはどんどんなくなっていきます。「モノのインターネット」が作る理想社会って、みんな「ずーっと寝たきり」みたいなことなんでしょうか？　寝たまんまで、頭の中であれこれ考えたらそれだけでピピッと何かが反応して欲望を実現してくれると。

で、それって生きてるってことなんですかね？

弱ってきた母を見ていると、人間が動くということについて本当に考えさせられます。母は隙あらば寝ています。あちこち痛いし、動こうとしても思うように動けないので落ち込むし、起きているとあれこれ解決のつきようもない際限ない心配事ばかり考えてしまうし、とにかく寝ているのが一番楽なのです。

でも、そうするとどんどん体は動かなくなっていきます。で、ようやく気力を振り絞って何かしようと思ってもすぐに息が切れるので、それでまた落ち込んで、寝ていたほうがいーやってことになる。するとまた体はどんどん動かなくなり……どうしようもない悪循環。それは母にもわかっている。でもわかっていても、そこから抜け出すのは大変なんです。つまりは、「どうして起きて動かなきゃいけないのか」ということになる。

これに答えるのはなかなか大変です。私がない知恵を絞って考えた答えは、「死んじゃえばずっと寝ていることができるじゃん。でも生きてるってことは動いてるってことじゃないかな」という乱暴なものでした。

でもそう言うと、母は妙に納得して「そうだね、まだ生きていたいからね」と言いました。それで、あれこれ嫌がったり文句を言ったりしながらも、なんとか動こうとしています。で、その動く動機っていうのは、ほんの小さな、暮らしの些細なことなのです。例えばお湯を沸かすとか、洗濯物をたたむとか、ゴミを拾うとか、今日着る洋服を選ぶとか、生きていくうえでの自分の身の回りを整えることが、我が母を最低限のところで支えているのです。

で、これってすべて家事ですよ！　あの、家電が省力化を目指してやまない家事です。でも家事をやらなきゃいけないと思うからこそ、母は動いている。つまり生きているんです。

それを見ると、ますます便利というものがわからなくなってくる。私たちは便利になったと喜んでいる一方で、もしかすると「生きる」ということを少しずつ手放しているんじゃないか？　動くことは生きているということであり、生きているということは動くことなんじゃないでしょうか？　で、なんなんでしょうモノのインターネット社会。なんにもしなくてもいいよと言われたら、母はどうやって生きていくのでしょうか。それは誰のためのなんのための社会なのでしょうか。

しかし、事態は加速度をつけてとんでもない方向に進んでいるようです。

同じ年の10月5日、『毎日新聞』の名物コラム「記者の目」で、人工知能について連載記事を書いたという経済部の記者が、人工知能の功罪について論じていました。結論は「ＡＩに振り回されるのではなく、上手に使いこなせるすべを探りたい」という当たり障りのないものですが、その中身には震撼とせざるをえませんでした。

記者氏は、「取材で驚いたのは『ＡＩでここまで便利になるのか』ということだ」と書いておられるのですが、その具体例というのが、本人の代わりにメールの受け答えをしてくれるシステムなのです。過去のメールから本人の性格や言葉遣いを学習したロボットが、自動的に「それっぽい」返事を書いてくれるのだそうです。開発責任者は「人間は長年、食べるために働かざるを得なかった。そんな縛られた生活から解放される」と強調したと、記者氏は肯定的に紹介しています。

……「働く」って、そんなにダメなことなんですかね。嫌なことなんですかね。「縛られた生活」って、いったいなんなんでしょうか。

いったい人間はなんのために生きているんでしょうか。働くって究極のところ、人を助けるということ、人を喜ばせるってことなんじゃないでしょうか、人は一人では生きていけないのです。その中でなんとか助け合いながら生きること、頑張って生き抜くことそのものに意味があるんじゃないでしょうか。その必要がなくなった世界で、人はいったい何をするというのでしょうか。

しかし記者氏は「空想にとどまっていた世界に近づくような気がした」と称賛しているのです。

で、あなたは何がしたいんでしょうか？

家事ってダメなことですか

つまり、家電のことを突き詰めて考えていくと、結局は「生きるとはどういうことなのか」という問題に突き当たってしまう。

幸せとはなんなのか、豊かさとはなんなのか。

家電が目指す「幸せで豊かな世界」って、つまりはこういう世界ですよね。「面倒くさいこと」はできるだけせず、「楽しいこと」「好きなこと」だけを目一杯する世界。つまりは召使がなんでもやってくれる王様のような暮らし。それが究極の目標。

で、改めて「面倒くさい」ってなんなのかを考えてみたい。

不思議なのは、私は家電を手放してから、これはもう思いもよらぬことだったのだが、まさかの家事大好き人間になってしまったのです。

それまでも、料理は好きでした。しかしそれはただ食い意地が張っているという理由によるものであって、その他の家事はどちらかといえば、というか、はっきり言って大嫌いだった。だって誰も評価してくれないし、やってもやってもキリがない永遠の繰り返し。まさに「時間の無駄」、つまりは「面倒くさい」と思っていたのです。

ところが。

家電のない暮らしを始めて家事にかける時間が減ったことは前にも書きましたが、それだけじゃなかった。「そもそも家事にかかる時間が気にならなくなった」のです。つまり時間も減ったけれど、負担感も減った。というより負担感はもうほとんどない。いや全然ない。というよりも、むしろ「楽しみ」になってしまったのです。

例えば毎朝の洗濯。これは今、一番お気に入りの時間です。

今朝も、愛用のチノパンを洗いました。

10年は着ているヨーロッパブランドの自慢の品。これまではもっぱらクリーニングに出していたんだが、日々の汚れ物を手洗いするようになってみてふと、コレも自分で洗えるんじゃないかなと思ったのです。考えてみれば、クリーニングに出すと言いながら、店の開店時間は限られているしお金はかかるしで、なんだかんだと何年も洗っていなかった気もする。もしや相当汚れてるんじゃないか……。

というわけで、試しに洗ってみたわけですよ。手で。

そしたらね、いやもうびっくり！

洗ってすっきり白くなるはずが、見たことのないような色ムラができてる！

汚れが落ちたところとそうじゃないところがまだらになって、なんかもう模様レベル！

いやもうね、どうしてこんなことになったのかと。

自分でやったことだから誰に文句を言うわけにもいかない。だからいろいろ考えましたとも。めちゃくちゃ汚れてたから一度じゃ取りきれなかったんじゃないかとか、洗剤が均等に行き渡らなかったんじゃないかとか。で、何度かいろいろとやってみた。で、今朝は前夜から石鹸をこすりつけ、漂白剤も入れて一晩置き、さらに新機軸としてすすぎ洗いの回数を2回から3回に増やした。洗剤を十二分に行き渡らせ、さらに取れた汚れを完全に取り除く作戦です。

ところが。

ベランダの欄干に干すためおもむろに広げてみると、まあ立派にムラムラ。いやそ

まあ 立派にムラムラ。

れどころか漂白剤の影響か、ナゾの白い点々のようなものまで出現。もうどこまでが汚れで、どこが元の状態の色だったかも不明になってきた。

がっくりと肩を落とす私。

しかし本当のところ私、これが面白くてしょうがないのです。次はいったいどうしてくれようとあれこれ思いを巡らし、いつか見てろよ〜と考えるだけで、胸の高鳴りが抑えられない。

家事が娯楽？

いったいなんなんでしょうかこの気持ち。

だって家電って、みんなの暮らしをより便利に快適にするために作られたものでしょう。でも自分を振り返ると、洗濯機にずうっとお世話になっていたにもかかわらず、古の女性たちが「なんて便利！」「ありがたい！」と喜んだような感謝の気持ちを抱いたことはほぼ一度もなかった。

むしろ、洗濯は最も好きになれない家事の一つでした。一人暮らしだから週末に「まとめ洗い」をするだけだったし、しかもそれはスイッチ一つで洗濯機が全部やってくれるわけなんだけど、それなのに、その洗濯物を干して、取り込んで、たたんで、しかるべき場所に片付けるという一連の作業が、たった週に一度のことにもかかわらず、なんとも辛気くさくて地味で達成感がなくて……そうぜんぜん盛り上がらない！ただの義務！　できれば避けたい「無駄な時間」だったのです。

それがですね、その「私の代わりになんでもやってくれる便利なシモベ」を手放したとたん、洗濯は面倒どころか最大の娯楽になった。

家事が娯楽……うーん。ありえません！　だってこれまでの人生、「自分の時間」を増やすために「無駄な」家事を一生懸命省力化しようとして、一生懸命お金を稼いで便利な製品を買ってきたわけですよね。

ところが、その家事そのものが娯楽？　そんな世界があっていいんでしょうかね？そんなことが許されるんでしょうか？　だってもしそうだとしたら、私の人生いったいなんだったってことになりゃしませんかね？

しかし実際のところ、今の私は、ディズニーランドに行くよりも何よりも、毎朝頭をひねりながら洗濯をするほうが100倍エキサイティングで楽しいのです。

で、なぜ楽しいのか?

それは結局のところ、難しいから。失敗ばかりするから。つまりは面倒くさいからなんですよね。

……なんかすごく変じゃないですかね?


改めて、面倒くさいこととはなんだろうと考えてみる。

お金にならないこと、評価されないこと。楽しくないこと。

そうやって考えていくと、どんどんわからなくなってくる。

お金になれば面倒なことじゃなくなるのか。

そもそも面倒くさいこととは、楽しくないのだろうか。

例えばみんなが夢中になってやっているゲームだって、いろんな落とし穴や強力な対戦相手がいるから面白いんですよね。つまりは「面倒くさい」ことがたくさんあるからこそ、楽しいんじゃないだろうか。

そう考えたら、「家事は楽しい」って考える人がいたってなんの不思議もないはずです。難しいからこそ、失敗するからこそ、そう面倒くさいからこそ、やりがいがある。で、「楽しい」って思ってしまえば、家電があろうがなかろうが、家事を巡る論争なんて必要なくなってしまう。むしろみんなで「取り合う」ことになったって不思議じゃない。

でも、面倒くさいってことをマイナスに定義づけている限り、家事は誰がやるんだというあのなんとも心を冷えさせる論争はなくならない。

で、そう定義付けているのは、実は家電メーカーの人たちなんですね。

つまり、家電が生まれるには「面倒くさい」ものの存在が必要なのです。

ご飯を炊く？　あーめんどくさい。掃除？　めんどくさい。洗濯？　めんどくさい。……そうでしょうそうでしょう！　おまかせください。面倒くさいこと、スイッチ一つで解決してあげますから！　――かくして新製品が生まれる。

こうして確かに「便利」な世の中になる。

しかし一方で、家電が生まれたことで、世の中の家事はおしなべて「面倒くさいこと」に区分けされてしまいました。そして、さらに便利な製品がどんどん開発される中で、ますますこの定義は膨張し、強化されているのです。

面倒くさい世を味わい尽くす

と、ここまで書いてきて、はっとした。

家事は「面倒くさいこと」。そう信じてきたのは紛れもない私です。それは果たして家電メーカーのせいだったのでしょうか。私はただ無自覚に、宣伝文句に騙されていた被害者だったのでしょうか。

いや、そうじゃない。もちろん影響は受けてきたと思います。でも騙されたわけじゃない。私こそが、自分の時間をずうっと2つに分けてきたのです。

「無駄な時間」と、「役に立つ時間」と。

「無駄な時間」っていうのは、そう、家事とかそういう「面倒くさいこと」をする時間です。評価もされず、お金にもならず、そういうことをする時間。

「役に立つ時間」っていうのはその逆ですね。つまりはお金になる時間。評価される時間。

そうなんです。考えてみれば私はこれまでずっと、他人と差をつけて豊かになろうとしてきただけじゃなかった。その戦いに勝つために、つまりは他人より上に立つために、自分自身の時間も差別してきたんです。無駄な時間を疎ましく思い、排除しようとしてきた。だから頑張れば頑張るほど、自分の人生の一部を憎むことになった。でもそれが「前向きな人生」ってものなんだと思って生きてきた。

さらに言えば究極のところ、私は口ではどんなきれいごとを言っても、世の中には無駄なこととそうじゃないことがあると、分けて考えていたわけです。時間だけじゃない。人間もそう。腹の底では、「世の中には役に立つ人間と、役に立たない人間がいる」と思ってきた。で、私は役に立つ人間でいたい。無駄な人間ではいたくない。ずっとそう思い続けてきた。

何かの役に立ちたいと思うこと自体は悪いことじゃないと思います。それは人として自然な素晴らしい感情だと思う。ただ問題は、いつの間にか「役に立たないもの」を排除し、軽蔑するようになること。「何かの役に立つ」ことではなく、「役に立つ自分」でいることだけが目的化していくことです。

そもそも「役に立つ」ってなんなんでしょうか。

世の中にはありとあらゆるものがあります。みんなの役に立つものもあれば、たった一人のほんの一瞬にだけ役に立つものもある。さらには、今の世の中では結局のところ役に立つ機会が一度もないようにしか思えないものだってある。果たしてそのどれがエライんでしょうか。

『道』という有名な古いイタリア映画があります。

私はずっとこの映画が嫌いでした。だってあまりにも救いがなさすぎると思ったからです。

貧しく美しくもなく若くもないくたびれきった主人公の女性に、ある男性が「世の中に役に立たないものなんてないんだよ」と慰めるシーンがあるんですが、その男性はそのへんに転がっていた小さな石を取り上げて、「ほらこの石ころみたいに」と言う。で、その石ころを見た主人公は、実に悲しそうに笑うんですね。

だって彼女はこの男性のことが好きだったんです。その男性から、どう見たってまったく役に立つようには思えない石ころと自分は同じなんだと言われたんです。私は

本当に胸が痛みました。いやもうちょっと役に立ちそうなものを例に挙げてやれないのか。しかしそう思いながら私自身が、その主人公はまさにその石ころレベルにすぎないのだと心の底では考えているのです。私はこんなふうにはなりたくないと。

しかし、今ならわかります。そういう考え方そのものこそが結局のところ、自分自身を傷つける。なぜなら老いて死んでいく時、人は誰もが「役に立たない」存在になっていくからです。いや老いて死ぬ時だけじゃない。病気をしたり、怪我をしたり、あるいは仕事に失敗したり、人から拒絶されたり、いろんな局面で、人はいつだって「役に立たない」存在に転落していく。だからこそ、そうなりたくないと思ってみんな懸命に頑張っているんだ。

でも物事はいつだって思うようにいきません。転落への道はいつだって大きく開かれている。だからみんな、恐怖に怯えて生きなきゃいけない。

その恐怖から脱する道は、おそらく一つしかありません。

この世の中に「役に立たないもの」なんて一つもないんだ！　と、思い込むことです。そう。あの『道』の男性が懸命に伝えようとしたのは、きっとそういうことだったんじゃないか。

で、そのための最も効果的な方法を、私はそうとは気づかぬまま、この節電チャレンジを通じて毎日毎日繰り返し実践していたように思うのです。それはつまり、日常の中の「無駄だ」「役に立たない」と思ってしまいそうなこと、そう「面倒くさい」と思っていたことを、心を込めて一生懸命やること。いや実際のところたいがいのことは、たとえそれがどんなにしょうもないことであっても、バカバカしいと思う気持ちにとりあえずフタをして一生懸命やりさえすれば、なぜだか面白くなってきちゃうものなんです。例えばチノパンの色ムラに一喜一憂しながら手でゴシゴシ洗濯するとか。

だからね、一回でいいので騙されたと思ってやってみたらいいと思うんです。もしホントに「騙された！」ってことになったとしてもそんなに大きな実害はないんだから。それよりも、ちょっと考えてみてください。もしあなたがこの世で「一番無駄でくだらない」と思っていることが「意外に無駄じゃない」どころかまさかの「面白い」ってことになっちゃえば、もう、生きている時間全部が娯楽まみれってことになるじゃないですか！　それを革命と言わずしてなんという！　そんなことを体験してしまったら、無駄とかそうじゃないとか役に立つとか立たないとか、そんなことは本当にどうでもよくなるよ。だからね、私はもう家事を差別しない。いやもう決して。しゃがみこんで洗濯物をゴシゴシしている時間を無駄な時間だとは絶対に思わない。それはもう間違いなく自分のために。この世の中の片隅で糸の切れた凧《たこ》として生きる自分だって無駄じゃないんだってことを日々確認するために。

というわけで、もうえらく遠回りをしてしまったけれど、前述の我が姉の疑問、すなわち「家電は女性を解放する存在じゃなかったのか？」「それを否定してもいいのか？」という問いかけに対する私の答えはこうです。

これは女性の問題じゃありません。男であれ女であれ、自分はいったい何に縛られているのか。そこをまず考えてみてほしいのです。で、もしあなたが本当に解放されたいと思うのなら、必要なのは「より便利」な家電を買うことじゃない。もちろん誰かに何かを押しつけることでもない。もっと根本的な何かを変えることなんじゃないだろうか。

それはつまり、うまく言えないけど、生きるってこと、この生きている限りの時間をちゃんと生ききるってことなんじゃないか。すべての瞬間を、そして人間を、バカにせず、差別せず、正面から向き合って、生きるってことなんじゃないか。

生きるってね、面倒くさい。

でも面倒くさいからこそね、素晴らしいんだ。

文庫版のためのあとがき

本書の文庫化にあたり、改めて読み返して少なからぬショックを受けたのは、「節電」という単純な行為が自分に与えた圧倒的インパクトである。あの原発事故がもたらした節電なくして、今の私は絶対にない。

そう、今の私。

家電製品だけでなく今や服も本も鍋も食器も最低限のものしか持たない、超地味で小さな暮らしを心から愛する私。そんな「ない」世界をキャッキャと生きている私。「ある」ことばかりを求めて何もかも手に入れようともがいていたかつての自分から見たら、全くの別人である。そして、別人になって本当に良かったのだ。大袈裟でなく、人生を救われたのだ。

だってこんな何が起きるかわからない不安定な時代に、失うことを恐れていたら生きてるだけで怖くてしょうがない。っていうか、個人的なことを考えてもまもなく還暦でして、収入も健康も果てしなく失っていく長い長い老後がすぐそこに大口を開けて待っている。人は生きて死ぬ存在である限り、誰だって「失うこと」からは逃れられないのだ。

でも私、ぜーんぜん平気です。何はなくてもやっていける自分、そしてそれを楽しめる自分がいるのだから。節電を突き詰めたおかげでそうと気づくことができたのは、まさに革命であった。だってそれは、これから先どんな（ひどい）ことが起きようといつでもどこでもニコニコ生きていけるはずと信じられるってことで、そう心から思えたからこそ、電気だけでなく会社まで辞めてしまったことは本書に書いたとおりである。

おかげで私は半世紀生きてきて初めて、自分の足で立つことができた。人生がうまくいかないことを人のせいにして怒ったり悩んだりする時間は消え去り、その分、失敗も繰り返しながら自分のちっぽけな力で仲間をつくり、仕事をつくり、暮らしを整える。ただ日々やれることを精一杯やるだけの生活は全くもって最高である。こんなところに、この閉塞した世界を軽やかに突き抜ける突破口があったのだ。

でも節電を始めた時は、こんなことになるとはツユほども思っていなかった。未曽有の事故を引き起こした側に自分もいたのだという罪悪感から、自分にもできることをせねばならぬ、何かを犠牲にしてもやむなしと思って始めたことであった。ところがフタを開けてみたら、犠牲を払うどころか、その先に圧倒的に豊かな世界が待っていた。償いのつもりが、まさかの幸せを手に入れてしまったのだ。

そう思うとなんとも複雑な、申し訳ない気持ちにならざるを得ない。

結局私にできることは、そんな後ろめたさ、恥ずかしさを抱えながら、その自分の体験を人様にお伝えする努力をすることしかないのだろう。

原発事故のショックは、今にして思えば何かの始まりであった。あれから13年。止まらぬ温暖化、生態系の破壊、それらが引き起こす異常気象、災害、疫病の蔓延、食糧危機……雪崩を打ったように深刻な問題が世界のあちこちで噴出している。でも我らが原発を止めることができなかったように、他のあらゆることに対しても人類は有効な手を打つことができないでいる。

その理由は、政治が腐敗しているからでも、どこぞの大企業が陰謀を張り巡らせているからでもない。「便利で豊かな暮らし」を求め続ける我々自身にあらゆる問題の根本原因があるから話がややこしいのだ。だってそれを手放したらミジメな人生に耐えなきゃいけないわけで、そんなことは誰だってしたくない。だから我らは永遠に、自分で自分の首を絞め続けるしかないのである。

でも、もしそうじゃないんだとしたら？　実はその「便利で豊かな暮らし」を求め続けることで、我らは幸せになるどころか、貧しく弱く孤独に、すなわち自らミジメな人生に飛び込んでいってしまってるかもしれないんだとしたら？

そのことに図らずも気づいてしまった人間として、この記録があなたの「幸せ」についてて立ち止まって考えるきっかけになれば、それが私にとってこの上ない幸せである。

２０２４年６月

稲垣えみ子

解　説——「寂滅為楽」とその後

玄侑宗久

ご本人も仰《おっしゃ》るように、この本は大いなる「冒険譚《ぼうけんだん》」である。読み始めたらそう簡単にはやめられない。私の場合は途中お葬式が二件あったので中断したが、ヘタをすると親の死に目に会えない可能性もある。危険な本と言うべきだろう。

東日本大震災の原発事故で、我々はさまざまなことを考え、省み、誰もが節電を試みた。震災直後の東京駅の照明はベルリン中央駅程度の暗さになり、じつに知的に感じたものだった。しかし今やパチンコ屋なみの明るさを復活させ、元の木阿弥。また使用電力の減量を期待されたＬＥＤも、結局はイルミネーションを増やし、電力使用量はむしろ増えた。そう、使用電力総量がＧＤＰを牽引するという恐ろしい思い込みじたいがゾンビのように甦《よみがえ》り、それゆえ当然ながら原発再稼働の流れも強まっている。まさに「喉元過ぎれば……」という諺どおりなのである。

ところが稲垣さんは、まるで「羹《あつもの》に懲りて膾《なます》を吹く」が如《ごと》く、節電街道を走りつづけた。その姿はアフロヘアながら、まるで修行僧だ。

電気代半減を目指し、5階の部屋までエレベーターを使わず、ドアを開けても電灯は点けず、じっと暗い玄関に佇む稲垣さん……。暗闇に目が慣れるのを待つというその姿に、私は何を隠そう自分の修行時代を憶《おも》いだした。夜坐に出てしばらくすると、確かに遠くの道端の街灯や月の光であらゆるものが見えるようになる。『陰翳礼讃』（谷崎潤一郎著）の世界である。

電気を点けないまま着替えもトイレも済ませ、むしろ暗い方が落ち着くと嘯《うそぶ》くアフロの修行者に、私は目を瞠《みは》った。

その後も彼女は「行雲流水《こううんりゅうすい》」の如く、歩みを止めなかった。エレベーターばかりかエスカレーターにも乗らず、体力もつけ、ついにこれまで奉ってきたはずの家電製品を捨てはじめたのである。

まずは掃除機。箒と塵とり、そして雑巾があれば事足りるのは、修行僧として当然の心得。「床がピカピカになると心もピカピカになる……な－んてお坊さんみたいなことを考えてみたり」と彼女は冗談めかすが、やはりその自覚があるのだ。掃除機を手放したことで、自分の中の思わぬ資源を発見したと仰るのも、「知足」の境地だろう。

彼女の冒険は掃除機から今度は電子レンジに向かう。そしてついにそれも捨てた彼女は「自分の中に、まだまだ眠っていた力があった」と感激し、「工夫」に目覚める。現代中国語の「工夫」は「時間」の意味。つまり彼女はここで時間を取り返したのである。

勢い込んだ稲垣さんの足はついに冷暖房へと向かう。思えば夏の日中の消費電力は58%がエアコン。避けては通れない関所だ。禅では「寒時には闍梨《じゃり》を寒殺し、熱時には闍梨を熱殺せよ」（寒い熱いと思う私を殺してしまえ）と手荒なことを言うが、彼女は道場にはない利器も用いながらスムーズにエアコンを捨てる。冬は湯たんぽ、夏は近所のカフェなどを利用するのである。とはいえ、その感覚の変化は本物と言えるだろう。京都建仁寺での体験談も鮮烈だが、彼女はすでに冷暖房をやめ、寒さ暑さのなかにも無限の色を見出し、わずかな変化を探す習慣がついたと仰る。そう、寒さ暑さと括って表現することこそ寒暑の元凶。彼女は難なくエアコンを捨て、「瞬間の涼しさ」を見つけて小さな喜びを感じている。そして「これは何かの悟りなのであろうか」と宣《のたま》うのだが、これには何と答えるべきか。真冬にエアコンを使っている身では気が引けるが、道元禅師の「冬雪冴えて冷《すず》しかりけり」の境地も近いと申し上げておこう。

しかし問題はこの先である。関所は越えたもののこの先には冷蔵庫という岩盤が待ち受ける。普通に考えれば、岩盤をはずすなど思いも寄らない愚挙ではないか。

ところが彼女は間違って入居した「オール電化住宅」でメラメラと予想外の闘志を燃やす。テレビはすぐ消せたし洗濯機も手洗いに戻せたが、冷蔵庫となると事は簡単ではない。冷凍庫を含めた冷蔵庫こそ、彼女の好きな料理をこれまで支えてきたと思えたからだ。

しかし彼女はそのときなぜかブッダの声を聞いた。「今、ここを生きよ」。じつに禅的な仰せである。メラメラの火はその言葉に燃え移り、彼女はこれまでさんざんお世話になってきた冷蔵庫を懐疑の目で見始めるのだ。

ブッダの仰せに従い、彼女はいつか食べるはずの夢の食材庫、冷蔵庫を捨てる決心をする。これは全体のなかでも劇的な場面だが、彼女はそれによって「いつか」という「夢」を捨てたのである。

余った野菜はベランダのザルで干すか漬物にする。その日に食べるもの以外は買えないとなれば、自ずと五百円以上買い物をすることはなくなった。ちっぽけな今を自覚した彼女は、ちっぽけで何が悪いと嘶《いなな》くのだが、それだけでなく、手許の人参と厚揚げを味わい尽くせ！　そこにある宇宙をとことん楽しめ！　と豪語した挙げ句、「もしかして悟りとは、そういうことだったんじゃないのか？」とまた呟《つぶや》く。これには私もさすがに一言申し上げておきたい。ブッダの「今ここ」は食べるもの全てを托鉢による頂き物に委ねることを前提にしている。乞食《こつじき》という究極の「その日暮らし」にはまだ遠いはず。

ただ冷蔵庫を捨てた稲垣さんの諦念は深い。バンバン溜め込んでバンバン腐らせ、バンバン捨ててこそ冷蔵庫の真価と喝破する彼女は、冷蔵庫の中にあるものは食べ物ではなく、もはや自分でもコントロールできなくなった「ぼんやりとした欲望」だと言う。「ぼんやりとした欲望」とはいかにも自覚がなさそうで不気味だが、これが今の食品業界をも支えているのだ。彼女はそれをきっぱり捨て、江戸時代の如き日本の食の基本に立ち返っていく。即ち、ご飯、味噌汁、漬物と、煮物一品である。修行道場も朝はお粥に梅干し、昼と夕は一汁一菜であることを思えば正統な着地点と言えよう。

ただ正直に申し上げれば、修行道場にも今は冷蔵庫がある。大量に採れる畑の野菜を、湯がいて冷凍保存するのが主な用途である。これについては、稲垣沙門《しゃもん》の如何《いか》なる批判もお受けする所存だが、彼女はそんなことはお構いなしに先へと進んでいく。いや、この辺りから彼女は、自らの父親が家電メーカーのサラリーマンであったことを告白し、家電に翻弄されてきた母親の最近の状況まで活写していく。これがこの本に底知れぬ深みを与えたのは間違いない。レシピ本を枕元に散乱させて眠る母……、それは稲垣さんを「家電」や「便利さ」の更なる極北へと運び去るのだ。

奥へ奥へと進みつづけ、とうとう彼女が辿り着いたのは、一種の桃源郷と言えるだろう。オール電化住宅に住みつつ節電に励む彼女は、ついに一年にわたる戦いの挙げ句、電気温水器のブレーカーを永遠に落とす。これぞまさに「寂滅為楽《じゃくめついらく》」。「寂しい生活」と言いながら、彼女はきっと仏教の「寂」の境地を意識しているはずだ。煩悩の炎の消えた平安な境地である。節電のために家で風呂に入ることを諦め、銭湯に行くことにした彼女は、すでに冷蔵庫も捨てていたから、これによって要塞化した家を出て街に溶け込むことになった。これを「出家」と呼ばずして何と呼ぼう。

とうとう本格的な出家者となった彼女は、もはや私にとって気になる同朋である。「電化で築く家庭の幸福」を淡々と蹴散らし、「原子力　明るい未来のエネルギー」にも揺るぎない志を示した伝説の沙門と言っていいだろう。いやむしろ、美しい空中庭園に住まい、無所有の「清貧生活」を送る彼女こそ、同朋どころか我等が先達なのではないか。

正直に告白すれば、「清貧」と書くべく「ＳＥＩＨＩＮ」と打つと、私のパソコンはまず「製品」と変換した。最早これまで。今後は沙門稲垣を師と仰ぎ、私も果てなき仏道を歩みつづけるしかあるまい。

オール電化住宅の一室に祀られた巨大な電気温水器、いわばご本尊に向き合い、ついにそのブレーカーを落としたときから、じつはうすうす感じてはいたのだ。これぞまさに「仏に逢うては仏を殺し」（『臨済録』）の境地ではないか、と。私はいま新たな師を得た喜びのうちにある。

ついでに申し上げておくと、私にはこの道でじつはもう一人気になる人がいる。それは客人を迎えて足を洗うために供した金盥《かなだらい》で、その後の夕食にうどんを振る舞った大愚良寛である。

沙門稲垣が今後そういう隘路《あいろ》に進むのかどうか、また進むべきなのかどうかも、今の私には到底わからない。私は雨上がりの裏山で筍掘りをしながら、ただときおり清風を感じるばかりなのである。

——作家・慧日山福聚寺住職

本書は二〇一七年六月に東洋経済新報社より刊行されたものです。

寂《さび》しい生活《せいかつ》

稲垣《いながき》えみ子《こ》

令和6年7月15日　初版発行
令和6年9月20日　3版発行

発行人——石原正康
編集人——高部真人
発行所——株式会社幻冬舎
〒151-0051東京都渋谷区千駄ヶ谷4-9-7
電話　03(5411)6222(営業)
　　　03(5411)6211(編集)
公式HP　https://www.gentosha.co.jp/

印刷・製本—株式会社　光邦
装丁者——高橋雅之

幻冬舎文庫

ISBN978-4-344-43396-0　C0195　い-72-4